吕学敏

著

吾州河

WU
ZHOU
HE

时代文艺出版社
SHIDAI WENYI CHUBANSHE

图书在版编目（CIP）数据

吾州河／吕学敏著. --长春：时代文艺出版社，
2024.3
ISBN 978-7-5387-7464-1

Ⅰ . ①吾… Ⅱ . ①吕… Ⅲ . ①长篇小说 – 中国 – 当代
Ⅳ . ①I247.5

中国国家版本馆 CIP 数据核字（2024）第 022600 号

吾州河
WU ZHOUHE
吕学敏　著

出 品 人：吴　刚
责任编辑：孟宇婷
助理编辑：赵兵欣
装帧设计：墨知缘

出版发行：时代文艺出版社
地　　址：长春市福祉大路 5788 号　龙腾国际大厦 A 座 15 层（130118）
电　　话：0431 – 81629751（总编办）　0431 – 81629758（发行部）
官方微博：weibo. com/tlapress
开　　本：710mm×1000mm　1/16
字　　数：156 千字
印　　张：16
印　　刷：北京荣泰印刷有限公司
版　　次：2024 年 3 月第 1 版
印　　次：2024 年 3 月第 1 次印刷
定　　价：68.00 元

目 录

一

州河，商州人一概把丹江叫州河。丹江是地理书上的叫法，书上的说法和民间的说法不同。州河是古州，州河里的人必得有一些骄傲。丹江从州河门前流过，当然就得叫州河。霸气、自信还得意。自己门前的地就是自留地，丹江和自留地是一样的，咋说也是商州人的自留地。丹江发源于商州黑龙口秦岭山上，一股细如兰的清流，从那里冒出，蜿蜒似蛇，朝东去。过商州、丹凤、商南，再入河南，又拐进湖北，在丹江口那里入了汉江，汉江又入了长江。汉江是长江最大的支流，丹江又是汉江最大的支流。长江阔大浩荡，因为有汉江；汉江的气魄不凡，因为有丹江。从东向西，拐弯拐弯又拐弯，向东向东，终向东。由小沟破出一根鞭，走着走着就大了，沟阔了，遇山绕行，直向东，目的是东方，是大海，是东海。我没从高处坐飞机看过丹江的路径，看了一定是个渐行渐大的龙字，笔画也是渐行渐粗的。最顶上叫沟，过了商州城那里，下来就叫川道，川道宽了，到丹凤商镇那里，和个小平原差不多——有个商镇飞机场，我小时跟随几个稍大的哥们儿常去看飞机，飞机像伐倒的树，并不载客，而是专播种的飞机。

丹江再朝东去，到商南县内，叫川道是委屈了，干脆成了平原。平原不圆，而是像面条似的长矩形，丹江形成的平原便富甲一方，虽地理上还不至于阔气成平原一词，可坊间的嘴里心里早已是平原了。

秦岭顶上，黑龙口那里的州河发源处，我没去看过，若看看州河呱呱坠地的样子，心里一定感慨万端，就像看到了祖父的祖父小的时候。清流下来，在沟里停不住，合了身边的水，一起向东走，叮咚叮咚。合得多了，沟里养草养木，水里养鱼出鳖。于是沟成了水流，水大了，河宽了，滩也有了，岸也有了。平时径流而去，到雨季丰水时，还要防洪，一个大意，还会把岸边树，或者河上桥卷进河，让人不知如何与它相处。在大多数时候，水边岸边，浣衣的女人，涉河的男人，各有各的营生，各忙各的事情。即使身后随了狗，跟了猫，也不在意。忙是主要的，只有忙完回去时，才看到了猫狗，一起回，一起没入州河两边的家里院里。日子就这么过。晴天有阳，雨天有话，谁都是这么着长大的，谁也都是这么着死去的。日子深不得也浅不得，今天的过完了，明天的准时到。

州河日子有时候挺好，有时候也不好。哪里的日子不是这样的，天底下的日子差不多。

州河到商州那儿也不宽，沟窄被水一占，人就被撵到坡上去了，两边坡上居了人，都面河，一眼看到河里去。宽处居的，河滩里就开了稻地，有州河在，浇水极便利，一家一绺子，地与地用泥捏了垄，算是分界线。到端午时，就是家家栽秧的时候，一家动起，家家都急。虽稻地不多，但秧苗子是要有的，样数不能少。这秧苗子极似娘家，把幼秧苗养成了，再启出来，栽到大田里，等长成熟稻。还要在幼秧苗的根上带着母土，若洗净了根，反而不好活。栽种的稻子够一家一年吃就不错了，少有粜米的。这里的米不比汉中米，也不比东北米和宁夏米。因在南北临界处，气候也不是最佳，米颗就小，碾米时烂颗多，味道也少点清爽。熬稀饭还行，若蒸焖米饭发黏。在红白喜事上，一般不用，要去粮店里买别的米，是使不得欺了客人的口舌的。客人的嘴刁得很，有啥不对处，即使再细微也能尝出来。

两边坡上居家的，常被树包围着，住得楼高得敞亮的，眼神从树梢上越过去，能看到河里，如低矮一点，就不能，要从树隙间望。河里的四季荣枯，居家的人每天都能看个分明清楚。农家人的眼睛实在，无虚假。河岸两边多是杨树柳树，杨树端仿佛长到刺天的样子，在两溜儿杨树间是堤岸的路，人走车走，车自然是自行车，有时也过拖拉机。两溜儿杨树有荫处，人在夏季的太阳里，怕热烘，在荫凉里行，就要感激这些杨树了，高兴时也是唱唱哒哒地走，树影子就在顶上背上，有时身后还跟着卷尾狗。柳树是靠近河水长，为了护堤，也是栽成两溜儿。柳树能把根扎入水里去，涨罢水，水落下去，柳树就露出红根，须毛般被水吹着摆动，像是鱼尾。柳树喜水，可是奇怪之处是，河里柳树是要被锯去顶的，到来年时，柳树顶上长成一丛，像极了毛发杂竖的抖嗦乞儿。在那些竖起的顶上也有雀窝，风是刮不掉的。每到黄昏时，高处的人家能看到来去奋飞的雀儿，把黄昏那段时光扰得不静。

要说清州河上下的日子，那得多大的嘴啊，那得多少话啊，即使是车承船载的话，也未必能表个清楚彻底。

沟岔多，河两边，屏了山，山不是一块巨石成就的，多块巨石中间就天然成无数的沟岔。沟岔里又居着人家。赵钱孙李，周吴郑王。沟岔里头冒烟就是在做饭，若是黄昏时的冒烟，那准是在烧炕。早晚露水起落，雾从山头下来，到午时又怕太阳，是躲到林间不见了，作了隐身的女子。羞怯一时，第二天又袅袅下来，婀娜了身姿，趁机给农家做伴。沟岔里的房舍简单，辟一片平处，就可立屋。或一家或几家，有些从河滩低处引一条石头铺的路上去，陡处则建台阶上去；有些石头缝隙里长草结苔，莹绿出线或莹绿成片；有些石头已经被脚踏磨得光溜似镜子。这里的孩子偶尔下河里捉了鱼，提着回去，会把水滴拉一溜子，说明从这里上去肯定有人家。墙是石头的，屋瓦有时也是石片，还结实耐用，不怕冷子（冰雹）打。一定有个小院，院里植花。这些花虽小，是风景也是精神。到春夏时，没有看到哪家缺紫少红的。

二

苏家坨正在杀牛。

苏家坨这样的村子，在州河上下多了。苏家坨离州城近，十几里路，公路就从村口过。州河面南而流，州河的河道流到这儿靠了北，河流改道就把苏家坨那儿就让出一大片，成了地，土地丰饶，这里就富。在州河上下，哪里地宽，哪里就富。这村子因离州城近，做什么都方便，买东西骑了车子就能去，一袋儿烟工夫就回来了。家家屋里有会骑车子的人，家家屋里也有自行车子。地方好，村子就衍生得大，背靠的山不高，却都是青崖石，不长庄稼，只在崖石缝里长些细树，再粗大不了，今年是这般粗，明年还是这般粗，后年大约也是一样粗。因崖石里无养分，它们不至于枯死就不错了。树是杠木的多，也有花皮松的，都长不大。背崖上不知啥时候立的寺庙，从村子后头有条路，蜿蜒上去，能烧香叩头。说是明朝就有了庙，到民国时，被村里的富户缙绅捐钱重修了一遍，这样就显得庙是新的。远处看，庙小得如黑豆，不近前细瞅，哪里会知道是个庙。这庙从民国时就闻名遐迩，惹得州城里的贵人富豪，纷纷来朝。来撂钱，撂了钱，许了愿，心里安生而去，以为这一年好歹有神保佑着，出不了大乱子。那庙里到底供的啥神仙，没人细究，只是塑了一尊像，披着红袍，怀里抱剑。既抱了剑，当然是个武官了，又善目温情的，又说不准是不是关羽。民间的信仰有时也模糊，反正心里有个神，到底是啥神，不用分明，放心里就管用。从庙后的那棵树看，极粗的柏树，身上裹了不少红绸，就知道确实是尊有过大作用的神。只两间小庙，一间专供神的，另一间是专卖香表的。这卖香表的人是村里几个老户，别的人想在那里卖香表，根本插不进去。曾有人为挤进去卖香表闹过事，冒过血，后来用一纸文了了，仅许三四个本村人在这里卖，其他村的只能看，心里嫉妒也没办法。在春上三四月间，来烧香的人多，车就停在村后崖下，人一溜拉手上去，在庙门口照个相，看一眼高处的州河，放放平日心口里的浊气，撂了钱就又拉手下来，驱车绝尘而去。车停在谁家院子，谁家就收五块钱。近崖的三家院子最方便，一年两个时节，收停车费也有两千多。这事情女人老人都能干，不用男人守着收。

苏家坨正在杀牛，难得遇着杀牛的时候，赶着看的人很多。人们都想知道一头大牛是怎样死的呢。

坨是村子窝在一个半圆形的洼里，青崖在后头列成弧。苏家坨在州河上下名气大，出过几个大人物，清朝时出了位道台，在南方治理得好，死了还被抬回来，闹了几场戏。新中国成立前，又出去了两个打游击的，后来也成了事，一个在新疆做了副司令，回来的气派动静，州城里领导也来陪。另一个打游击，也在州城里做了外贸公司经理，因是粗人，没文化，在公司经理位子上总是抽人家辟耳，只当了五六年，被免了职，安静地死了。再后来出的人物，就到了副省级，先在一个市做书记，升至政协副主席。一个村有个副省级的人物，那是了不得的事，被传说起来，又添醋加盐的，苏家坨名气就很大了。虽然叫苏家坨，可村里如今姓苏的没有了，大多姓姚。出的人物，也有几个都姓姚。姚姓人成了村里的主宰。没有了家谱可证明，但传下来的话是这样的：说明朝时吧，苏家坨仅三户，全是姓苏的，是从一个大家族分出来的。大户老爷是个生意人，在州城有大铺面，银子无数。老爷身边雇了姓姚的一个家仆，做工一直没走，就在老爷家里娶亲住下来。待老爷死后，家业很快衰塌，又出去了几个后人，苏家的人慢慢减去，姚家在这里倒一日日根深叶茂了。到了姚家第二代，竟把苏家老爷的孙女娶了，便也分不清苏家姚家了。到现在，村里真没了姓苏的。这世事无常，苏家坨没了姓苏的，这样的事，别的村也有。

苏家坨属沙河子镇，州城东。离州城近，就沾了不少州城的光，嫁女嫁到州城的，就是州城的亲家，儿子也多往州城跑，熟识的人多，门路宽，在州城工作的也多了。他们把州城的风气也学会了，不吃亏，脑子活泛。包活儿的，开店的，运输的，倒腾东西的多，钱的来路阔，日子就比离州城远的好多了。人离州城近，好像消息和口风也在他们门口，州城里风传啥，他们立马知道，州城里有个人事任命，早上研究的，下午苏家坨的村里妇女准知道了，聚在一起唠叨时，就会说谁谁谁是谁的亲戚。离州城近，到底不一样。

杀牛了。几个很有蛮力的汉子，把牛捆在树上，蒙了眼睛。还用老土的办法，趁不注意，挥大锤砸向牛头。看的人虽多，嘈嘈哄哄，但到这时，多少人要闭上眼睛，尤其女人、孩子和老人，背过身去，等牛倒了才转过来，探舌头说话，一脸惊惧和惋惜。牛肉是好吃的，可看着牛死，到底心疼。

杀牛的是苏家坨的姚天雷。这牛是买来的，附近有个养牛场，养牛场老板是姚天雷的伙计，这头牛老了，不下奶了，就给了姚天雷，让姚天雷杀了卖。过去农业社里的牛，早没了影子。原来分地分社时，队里的牛也分了，可大多养不起，过不了几年，分到牛的人家把牛卖的卖杀的杀，不几年，就见不到牛了。现在村里快四十岁的人，一问都说没见过牛，只有偶尔在集上还可以看到买卖牛的。但买卖的牛是奶牛或肉牛，供人吃奶和吃肉的，根本不是耕田的。那些过去牛耕田时用的轭（牛跟头）以及犁铧、撇绳、牛龙嘴、鞭子等，他们更是没见过。

姚天雷没卖几斤肉，大部分都分给了村里人，凡与姚天雷沾亲带故的，差不多都吃到了牛肉。炒了吃，和土豆炖了吃，那几天里，村里满是牛肉香，狗围着锅台看操刀妇人的脸色转了几天，也显出累了。

姚天雷弟兄四个，他是老三，他父辈弟兄六个。姚天雷有一儿一女，女儿师范毕业后在州城里教书，人也姣好聪慧，嫁的女婿是州城里的一个科长。儿子没考上大学，高中毕业后在州城里一家公司开车，在一次酒后车祸里把一只耳朵弄丢了。因此到沙河子一带说起"单耳朵"，都知道是姚天雷儿子，好歹因了与人有异，算是名人一个。姚天雷的婆娘让儿子给他姨妈送点牛肉去，姚天雷说煮了再送吧，省得又动一个油锅。这话也对，姚天雷婆娘就煮肉，煮好了切了些让儿子送去。儿子提了肉出门去了，邻居的狗一直跟着他到车跟前。儿子刚到车跟前，姚天雷看了儿子提的肉，说，"多提点，咱们能吃完啊?"儿子又转身回去。

姚天雷是大方人。他身体块头大，像个粗柱子。一顿能吃两大碗黏面，还要辣子重。他能挣来钱，也能花出去钱。婆娘看不惯他的大手大脚，可又没办法，就任他自己随便来。

三

单耳朵的姨妈在池里那个地方。叫池里，是因为那里地势低洼，却又旋出较开阔的一片，住了不少人家，有四五个组都拢在那里。

原来单耳朵的姨妈在她的村里给单耳朵说过媒，单耳朵姨妈是瞒了一只耳朵这事实的。见了面，女娃立马扭头走，单耳朵还哎哎想解释几句，那女娃给背后撂了一句，"哪有这样说媒的，还哄人，就是没有耳朵也不能哄人啊。"这事就没有成，连个转身的余地也没有。这事对单耳朵也不是太大打击，他见得多了。他的家乡地方好，又是公司的人，挣工资，不怕打光棍。只是他见的这个女娃光鲜得好看，仿佛立起的鱼，单耳朵见第一面，就觉得那眼睛分外油活，珠子似的光亮，算是农村女娃里上上人才。单耳朵心里常可惜。

他开车刚进了村口，恰又碰到那女娃嫁人了。听说女婿是个做凉皮生意的，常撵集日卖凉皮，日子过得还行。单耳朵是从后面看的，觉得像是她，就慢了车，摇下了玻璃，故意一个吭声，吭声大了点，那女子就转身来瞄看。单耳朵就笑嘻嘻，问，"干啥啊？还记得我吗？"女子这时反大气多了，没了初见面那时的拘谨和傲然。女人待嫁了人，一个夜的时辰，像立马懂了一河滩的事，把啥都能装进眼里、装进心里了，原来的傲气一下子被交了械。单耳朵打招呼出去，女子真没认得，眯了眼疑惑。单耳朵说，"忘了？"车停了，就在女子身旁，女子大约看到了一只耳朵，竟脆出一两串的笑，"哦，是你呀。"单耳朵说，"是我。"给了女子一个荡漾的挑眼。他又说，"给我姨妈送牛肉。"他立马又想起母亲是把牛肉分作两块的，单耳朵就准备下来，想把那块小的给这个女子，就说，"给你一块吧，我们家杀的牛。"女子不要，说，"你快走吧，快走吧。"她急着朝前跑，到底是才结了婚的，没有怀身子，腰身亦然，摆动得悦目似风。

这次见，应该是单耳朵见她的第三次，还记得第二次时，他来姨妈家，远远望见她，她那时在一棵树下，和几个人说话。

池里这地方，没有更早资料记载，可从那个湾状看，应该是过去州河颇大，汹阔得很，漫到这里，又在前面叫王山的地方被一挡，水就聚在这里，把这里窝成个大潭。多少年后，州河被慢慢撵向南边，这里水浅了，大潭又成了滩，被人说成了池里。虽说不像是个正经名字，与常说的涝池相像，但其实这里大得很。因此被有识之士推论，州河在历史里如同蛇一般扭捏，州河的身影在河道里，在川道里，忽南忽北的。住在州河两侧的人，想多种地就撵河滩耕耘。河身子北去了，南边的人就多种些地，河身子南去了，北边的人又到河滩里占地去。人在撵河，也在赶河；

怕河，也爱河。河大了是灾，河干了是旱。就像一句话，轻了人家听到没作用，说重了又伤人，轻重难把握，这分寸是考验人的东西。

单耳朵的名字叫姚同海，小名叫大怪。

大怪把牛肉送到姨妈家里，姨妈拉住他要给他下碗面，大怪说吃过了，姨妈就怨，"来一回脚不沾地，老是急，尻子后头冒火星子，咋那么忙的。"大怪刚出门，见两个男孩在黑亮的车玻璃上照他们的影子，大怪就喝一声，"看啥？看坏了能赔起？"男孩子说，"我们又没画，只是看。"车玻璃上影的人是斜长的怪物，像哈哈镜里的东西。这一声喝，孩子跑了。公司是新车，大怪待车爱惜，常擦常洗，把车待得像爹，容不得爹身上脸上有星点灰土驻了。

大怪的姨父在八十年代初是打苞谷花的，就是一个黑炮样的东西，装了苞谷豆，在火上旋着烧，看表时间够了，就向黑罐上脚踏了启开，一个巨响"嘣"，苞谷花成了，且散出满空里的香。即使散出来的，没有争抢到，闻到了也是一顿幸福的。打一锅三毛钱，后来涨到五毛钱。大怪姨父是能吃苦的人，为了一家人一年的吃用花销，他背着背篓里的黑炮走东串西，把州河上下三四十里路的地方走遍了。凡长到四五十岁的人，只要那时是孩子，就都认识大怪姨父，都吃过他打的苞谷花。大怪那时正上二年级，那个年龄，不到周末就渴求周末，每到周末，为的是能跑来姨母家，吃苞谷花。大怪吃不了多少，主要是喜欢跟着姨父走上串下。

姨父周围跟一群孩子，都差不多大小，跟跑几十里是常事。每当有了生意，谁家女人拉着孩子来打苞谷花，姨父的背篓就卸下来，把火烧旺。大怪主要喜的是帮着烧火，小风箱拉起来呼啦呼啦的，很神气，围着看的孩子还轮不上拉风箱。苞谷花成了，溢出来是常事，大怪抓拾了存起来，跟一路吃一路。大怪感觉幸福至极。

有孩子的地方就有狗。孩子跟着黑炮，狗也跟着黑炮。狗和孩子是极相似的，孩子喜欢的东西，狗喜欢，狗喜欢的东西孩子一定喜欢。我总觉得，狗和孩子有着相同的性格也有着相同的兴趣。大怪姨父的每次出行，如果没有七八个孩子，七八条狗随从作为仪仗，那简直太没脸面了。能有这种排场和趣味的工作，唯有大怪姨父和黑炮能享。平素狗在自家门口见了生人便叫嚣不止，可跟着背黑炮的大怪姨父，竟都乖乖得不吭声，素质立马高了不少。它们是为了什么呢？大约也是图个热闹，聊解寂寞吧。

树荫下，房檐下，墙角后，院子里，都是可以放下黑炮的地方。大怪姨父和气，又带着一个洋瓷碗，到了谁家渴了，就讨口水喝。他没有白脸的时候，一天五六锅打下来，脸早被熏得像是包公了。在夏天，他肩上搭条毛巾，汗下来，随手摸起就擦。毛巾也白不了，黑的和包公极为般配。若在不防时下了雨，那是很糟的，大怪姨父就先奔别家屋里躲过雨，再慢慢收拾了黑炮背回去。有几次下雨，大怪也是跟着受了淋，雨过了，大怪跟在姨父后头回去，像蘸了水的湿东西。他没有气恼，还是乐呵呵的开心。因为他的后头还有几条狗在，也淋湿了，撒欢着跟到底，路上是一群吵嚷的湿东西。

第二天，黑炮又被大怪姨父背着跑走了。

姨妈说媒没有成功，但大怪并没有打光棍。在大怪住的那个靠近州城的地方，即使大怪没了两只耳朵，也能找到女人做他的婆娘。可如果在离州城远的山沟里，可就难了，一点瑕疵在身，一不小心就注定打光棍。远离州城的山沟里，光棍多了，并不稀奇。州河上下的川道里，光棍少，不用说都是沾了州河的光。在州河上下，婚姻和别处的差不多，都是为了有更好的去处的。离州城远二十里的；总想嫁到离州城远十里的，离州城远十里的，总想嫁进城里去，做个地道城里娘子；深山里的女人，就想嫁给浅山处的男人。于是，愈是城里，愈显得女人稠①，愈离城远，则是光棍稠得翻浪的地方。这也正像宇宙星河里，一圈一圈的，由能量大小分层级，能量大的自然在外圈转，圈子极大，能量小的就围着里圈转。

大怪娶了媳妇，不是城里的，也不是沙河子那里的，因为他的耳朵之故，他娶了离州城远五十里地方的方姬村女子，大怪很满足。

---

① 稠：陕北方言"多、密"的意思。

四

　　正是春首。再过十天半月，州河上下就蒙了浅浅的一层绿，走近了看，没有，在远处看，明明是薄纱般的绿，拨又拨不开，挑又挑不起，在空气里融着。原来是两岸杨柳开始要舞春了，连两岸山坡上的草，在窥探春，作出的调皮样儿，把浅绿释散出来，让人苦猜。果然过了半个月，那绿更稠起来，两边杨柳的枝丫在冒嫩黄的芽孢了。再过十天半月，杨树的轻絮就忍不住的，会离了枝头，搞得漫天飞舞的，捉又捉不住，在空里飞舞够了，就落在堤上、水里、路边、脚下。人的步子过去，它跟着旋转，风来了又跟着纷乱一会儿。柳树是靠近水的，枝丫冒绿，一天比一天绿得精神，要袭占满空似的，每根枝条上都在努力，虽也是嫩黄的，可枝条上的整齐样子，像极了幼儿班的童子排坐，只差有个人立岸边指挥，那些童子就会在枝条上一起唱歌了。鸟儿踏了枝，枝便晃来晃去，鸟儿离去了，枝还在晃来晃去。州河上下的春就这么晴鲜。这种绿，这种柔，一直要延到东去，到丹凤商南，再到河南，且愈向东愈浓烈，把个春演得像是渐渐在长的孩子。从州河源头跑下去，跑向东，到了州河东头，孩子便被太阳和风养大了。

此时的太阳也娇气，摆出温和姿态，似从没强过也没弱过，好像母亲的手，温柔抚摸着孩子。

本来冬里，州河里有薄冰在岸边，这时全没了。滩里的草又抬头慢慢地翻身起来了，一天比一天青，和树们一起就是来弄春的。州河上下也有不少的水泥桥，可这哪里够用。比如对河有一个小村，又要常和对面走动。每个冬里，都要用木椽搭了桥在河上，椽是在村里几户借的，说是借的其实是捐，捐椽的人家都以此为善，并无怨言，只想着是为后辈积福。干部叫几个男人搭了桥，河这时细，用不了太多的椽。三根或四根椽并起，用木楔穿起来，做成木排样子，河水里要竖几个柱子撑着。这桥像个长虾，一头是州河这头，一头是州河那头。脚踏上去很平稳。有了木桥，这边的人过去，那边的人过来，男女老少都行。住在稍高处的，从窗子门里，能看到木桥上来往的人，看了就会心里问，谁谁今天过桥去，会有啥事呢？不会今天逢集吧。或许今天就是集日，这个人忘了。爱看桥上过往人的是女人，早上总要启了窗，让新鲜空气进来，这时也正是木桥上最忙的时候，你来我往，常要等那边的过完了，这边的才一起过。屋里卖眼①的女人，窗敞着，她就能把小桥上看得清清楚楚。州河两边接亲，也是要过桥的，红红绿绿的人一串串地过桥，窗里的女人知道了这门喜事，窗里的

---

① 卖眼：以眼波媚人。陕北方言。

这个家就都知道了。既然看到了，就要很论一论娶亲队伍里的新娘新郎。

过木桥是有技巧的。桥静在河上，可河是动的，眼睛看着桥，瞅着脚，水动了眼却没跟上，以为桥朝上移，脚也要随着桥朝上移，这样脚肯定踏空。落水虽不深，可也全湿了衣裤，冬天里湿了身，就赶紧飞奔回去换衣服。气恼过大的，就不过桥去了，在屋里骂。温性子的，换了衣再来。若要别人拉着手过，有经验的会不断给叮咛，朝前看朝前看，看对岸不看脚。这样就在叮咛里过去了，一团喜，谢过拉手的人。过桥的秘诀就是朝远处看，看对岸，不看河不看脚，像走在路上。过桥，有会过的，就有不会过的。有的人一辈子都不会，总是怕，或有一次落水经历，就非要他人拉了过。因有这木桥在，桥也有故事。比如哪个小伙子看上了哪家姑娘，就瞅机会过桥时，拉她手过，名分是帮她，实则是为博得好意。若那个姑娘要回来过桥的，这小伙子早早就在州河边揣有心眼等着，等来了，他故意说过桥的难处，让她心里惧，这事就顺理成章。小伙子过去拉了手，拉到桥中间，还要故意闪闪脚下，让桥晃晃。最精彩满意之处就是姑娘惊起来，大嚷，要拉双手，或者要让背过去。这就好极了，有了这样几次经历，多半能成。在州河上下凡有过木桥的男女都有因桥结下的姻缘，因而并不稀奇。每个村里都有几个光棍儿，民间常戏称他们是光棍轱辘子。光棍就光棍，还轱辘子，正因为这些光棍，一个独身，行动自如无累，方便极了，很像一个圆轱辘子能随处滚动。这些光棍轱辘子，常觊觎村里的婆娘，想沾沾，就也在桥上打主意，瞅机会碰到村里能搭上话的婆娘，也想拉手帮忙。拉手就拉手，要想在拉手时使坏，一两次犹可，多了也会有婆娘不乐意。就有一个光棍轱辘子把一个婆娘拉到桥中，被那个婆娘掀到河里，河里溅个大水花，桥上婆娘却是哈哈笑，原来她会过桥。河里的光棍轱辘子也不大恼，苦笑着回去换衣，还给那婆娘说，"你太狠心了。"当然也有比这欢快的事情，光棍轱辘子一次又一次帮助婆娘过桥，在助人里享受趣味。婆娘或许给她好处，或许不给。

骑自行车的人要过桥去，就先把自行车扛过去，再骑自行车远去。有拉架子车的要过去，就把架子车先一样一样扛过去，轮子，车厢，车上的东西，再轮子车厢组合在一起回去。引了狗的人，狗有胆大的，也有胆小的，胆大的跟着主人过去，欢喜着摇尾，以为自己本事不小。胆小的狗，就苦望着主人过去了，摆手叫它过它也不敢过，悻悻而归。

这是乔里村。临河的是三组，也称乔八爷组。八爷组可能住的是乔家八爷，那大爷二爷三爷到七爷，又住在哪里呢？没人说得清楚。反正这个组就叫八爷组，也是三组。乔里村在池里的下面，临着去城里的大路，路又把村子割成三块，八爷组和另一个组在州河边上，另几个组就在北边坡下，一溜排着。大路边有商店，麻将馆，也有修车铺饭馆。饭馆是供来往车辆上的人应急吃饭的，本村的人很少吃。食客总是三三两两抱着手，腰弓着来，要两个荤素拼盘，几两白酒，一人一碗油泼面，吃面时又是一人一疙瘩大蒜，吃后就离开，满嘴的臭回去。商店可是较全的，烟酒茶叶白糖酱醋卫生纸等。临路的麻将馆里人最多，出出入入不断线。老板是个大嘴厚唇的女人，见人就招呼，打不打只要落座，一杯茶就在面前了。老板会应人也会弄事，生意真不错。里面五六张桌子，四面有窗，敞亮。因是初春，还有点冷，炉子就没有撤，取大块的煤用，烟筒是白铁皮的，高竖起又横折着从后面窗孔里出去，烟筒长，就把屋里搞得暖春似的。水壶坐在火炉上，壶嘴儿里冒着热气，茶壶里随时续水。老板虽大嘴，四十多了，说不上可爱，但那张大嘴能把上下左右打理得妥切也不易。她的声儿好听，一点儿不像一般人，甜润的声音有点玻璃上落雪团的感觉。她原来在高中时是学校的播音员，声儿好，脸却不便说好。倘凭声儿，她至少嫁个镇上干部是不亏的。打牌的在桌子上，不打牌的就围着火炉看，有的嗑瓜子有的打油嘴，故意趣说一些话造热闹。已经开了四桌子，那两桌尚空着等人。打得小，男女老幼都能上，都不在乎输赢，几小时也就是几十块。

坐在桌子上打牌的有个三十多岁的男人，愿意说一些笑话趣闻，老板就用拳去捶他。这男人平时在城里打工，今日是周末，回来和婆娘聚聚，抽空来打一会儿牌，算是散心。他其实啥事也干不成，曾贷款和人合作办厂子，厂子最后成别人的了。曾去贩药材，赔了。是个命途多舛的人物，谁与他沾亲带故，那便有故事了。他的妻弟沾了他，也受了亏，发誓不叫他姐夫。虽然钱与他无缘，但他心大，不会愁，依然随时嘻嘻哈哈，光景就那样，婆娘在屋里，娃在学校，父亲在跑着四方拾破烂儿，他在麻将馆里说笑话，一点儿不觉得光景有啥可愁的。

老板娘在远近有点儿名气，这几年里，她挣了钱，也花了钱。几年里，她几次骨折，像擅于骨折的专家，经常见她白纱攀着手臂，在麻将馆门口喜笑迎春的。手臂折了，可生意照做，她动不了，打牌的来了自己招呼自己，不用她动，她只要动嘴即可。不少人就奇了，其他人家栽了，一个滚身起来没事，可到了她，就骨折。照这样年年骨折起来，有人就担心她到七老八十的，将是个粉碎型骨折。可她依然能挺立着经营麻将馆。

八爷组的人，今天有人喝烧酒，有人在家里扫灰，也有人从窗子口看着过桥的一串人。一个窗子里果然一个女人惊呼了，说，"看，我看到河里过桥的才想起是我娘家一个亲戚给娃结婚，真忙瞎了，这宴席不去说不过去的。这女人的娘家就在河那边，晴光①得很。"这女人就问自己男人，"给行多少门户②啊。"常因门户的多少发生争吵。大略固定了规程，男人的亲戚，男人说了算，多少就多少，男人掏钱。女人的亲戚女人说了算，女人掏钱。农村的门户不比州城里，紧要亲戚，五百三百二百的，看关系远近，做舅的做姨的，当叔父当大伯当姑妈的，自然要掏得可观点，这也有一定规程可循，给得多了更好，但一般不会少于底线，少了

---

① 晴光：陕北话，勤快的意思。
② 门户：陕北话，一个人社会交往名誉的访客所带之礼物，也叫"寻礼"。

就是很秾气的，让人瞧不起。在这样的门户面前，也是争气显耀的时候，尤其在这样的桌子前，聚一堆人，他们故意会咋呼着喊来舅姨姑外甥等，一味往高的喊，让他们出水。可喊归喊，他们私下会议好多少，一人多少，其余都跟着多少，谁也不会晾了他人。这时男人就对女人说，"你看多少就多少，是你的亲戚。"准备出门的女人已经开始收拾自己了，梳头换衣抹面了，不能蓬了头去。待她完全收拾好了，就和男人一起出门去，嚷着快走，去晚了不好看。这样也就是去上了礼，坐席吃个饭，然后沾点喜气回来。虽然人家是喜，可他们掏了钱，每次回来路上自然心里都有一点儿不快。

他们俩走到村口路边麻将馆那儿，那女人进麻将馆去，她知道儿子在那里，就问儿子去不去。儿子就是那个三十多岁的男人。她进去问，"你去不去？"那男人问，"去哪里？"女人说，"我差点忘了，今天你五舅的老二儿子结婚，你不去？"那儿子正在一心摸单吊二条。被母亲这么一说，他说，"我哪个五舅？"他母亲说，"你有几个五舅？"男人想起来了，说，"我不去，你去就把我代表了。"他母亲发恨着说，"这能代表？"母亲走了，再也不管这个儿子。他果然摸了单吊二条。老板娘给他说，"你还是去吧，你表弟结婚，你不去说不过去。你和你妈另开住了，她是她，你是你。"这话有道理。州河上下的行门户①，都按户数看，一户一门户。没有分

---

① 行门户：礼金的意思，陕北话。

另，即使十口八口，也是一家人，分开另过了，那就得分别行门户。老板娘说了，几个玩牌的也看到了，就劝说这个男人，他嘻笑了，又在夸说自己这一把牌的整齐难得，言说高潮来了，肯定也是炸弹。正说着，炸弹就摸到手里了，炸了夹八饼。

不像过去结婚，抬箱子抬柜的，现在是小车接。河水浅，未及丰水季，水塌得只能没了小腿，租的小车一溜子涉过河水，直接把新娘以及娘家人接到院子里。该有的规程一应都走完，落个全美。院子里已斜竖着一溜大锅，做饭的人蜂拥着，为按时开席做准备。这个做姑的八爷组的女人，踅到桌子旁，上了二百元，又看他把自己老汉名字写到礼簿上才放心离开，准备寻一个自己和老汉坐席的地方。她掏的礼，却要写老汉的名字，这是州河上下的规矩，女人是不入册的，凡事只要男人在，就写男人名字，男人不在了，女人才能入这样的笔墨册子。

打牌的男人还是去了，他行了一百块。饭后就赶紧回来，他明天要上州城了。

五

我去找潘达仁。

宣传部让我给镇上的潘达仁写个材料，表彰他的事迹。我说"我是作家，不是记者，写不了。"宣传部就说，"那你是不是得干活？好好的。"于是我去。

潘达仁在州河北边的贤坪村。

州河两边，有无数沟岔，每个沟岔里都住着人家。有的沟深有的沟浅，有的沟稍宽，有的沟则窄得能夹身子。贤坪村算是宽沟，沟口却是红崖。从红崖处的细流那儿石子路进去，进去了就宽出来一个坪，居二十几户人家。二十几户人家是一个组，又分列在这个沟的两侧，一边面东，一边就面西。开门见山，两侧的山恰矮出一段来，没有遮尽太阳，上半天是西边人家向阳，下半天是东边人家得光，太阳没有优厚北边也没有优厚西边。这些户人家都居得层层叠叠，一层几家，上去一层又是几家，站在顶处看，纹路清楚，像学大寨的建筑风格。一层一层是用石砌的，石隙间因为日久了，就都长了草木，把石隙填得满满的。除了冬，无论是从人家那里上，还是从那里下，都有花迎君接驾。

潘达仁家在最上面。

潘达仁我是认识的，见过数面。人喜辣，又好吹笛，在师范上学时学过吹笛。到了镇上工作，他没撂下吹笛，几次镇上开晚会，都是他吹笛。我还听说潘达仁媳妇长得漂亮。

我哼哼着朝上走，也快到了，潘达仁家在西边半坡上。正午时候，阳光正好。我到第四层时朝上望，只看到第五层的石墙。这时一个人影一闪，把一盆水在空里泼成一个喇叭花。当水散成珠子落在我头上身上时，我惊呼起来，大喊，"谁啊谁啊。"上面是个女人，那个人就爆笑，说，"哎哟，没看见啊，湿了吧？"当然湿了。我不高兴起来，想大发几句。那女人一身紫衣，在太阳里的腰身弧成一个玉壶春瓷瓶的样子，又一个扭，把身子摆正了，作了抱歉的姿势，又朝我来了一句对不起啊。这时潘达仁的声从上面下来，说，"咋啦？婆娘把水给你泼上了？哎呀，真是不识泰山。"就朝婆娘发训。那婆娘把盆子放了出来，我就站在他们院子里了。

说实话，今日见了潘达仁这个婆娘，我实在不敢相信眼睛。这个狐子般的美女，竟落居在这里，嫁了潘达仁。腰身上上，面目也是醉人，那眼放在脸上，那鼻子放在脸上，那嘴巴放在脸上，仿佛是天意，眉目波光流转。这样的沟岔里，出落这样的女人，实在有些大奇。我窃想，凭潘达仁那个长相，娶这样的女人，是潘达仁的什么本事呢？这女人的声也醉人，不高不低，我们谈话中她间或插进来一两句，徐徐说出，若从嘴里释放一片一片的花瓣，瓣出即碎，片片似雨。

写宣传类的官样文章我不在行，可又推却不了。我原来写过，但写着写着，就有小说的样子。我尽力了，人家却不满意，还是写吧。

潘达仁到底有啥事迹呢？我听了再说。潘达仁是镇上扶贫工作包村人，一人包一个村，他年轻，包了两个村，成绩突出。镇上想立个典型，也需要有个典型了，潘达仁是遇到天时地利人和了。

坐在屋里说话，我在本子上记。潘达仁媳妇倒水，还把瓜子盛在盘子里端到我面前。有这样的女人在面前，谁也神思恍惚起来，把好好的准备聚拢的一窝问答，让这女人搞得稀乱飞飘走了。

我只草记了一点。

潘达仁还说他们这个组的人原籍都是山东人，在清朝时搬来了，来时只有三个人，繁衍生息，竟成了几十户人。

潘达仁是个偷羞子人，不善语，看着我只是微笑，笑也是很谨慎似的。他家的墙上挂了一溜笛子，长的短的，粗的细的，都乌亮着，纤尘不染。他家没有挂任何画儿，墙是温和的深色，从一面窗子里进来一片光，斜成菱形，刚好落在潘达仁媳妇的面前。

我们有一句没一句地说话着，潘达仁说他在另一个村里的事迹。那话似乎在我面前打个闪就飘走了。这时他们贤坪村的村长来了，他是宣传部安排了要接待我的。进门就呼我老师，要握手，个子高，声也高，开心着说要给我在他家里打搅团①吃。我说了来意，他坐在板凳子上，把眼睛朝潘达仁屋里轮了一圈。这一段里，潘达仁媳妇一直像个白石老人画里的虾，一臂搭在方桌上，斜身微笑。若她脚下有个盆子，又恰是在眼神模糊的人面前，那绝对是栽在盆里的兰。那面方桌像是颇古的东西，果然村长说那是明末时的东西，村里已经没有了，或许是老祖先从山东搬来的。我对这样的采访，常觉沉闷，是迫动的工作，也常心不在此。我看了墙上的笛子，就要潘达仁吹笛一会儿听听。我这话一出，村长问，"吕老师是爱听这吗？"村长先急了，说，"达仁，你给吹吹，我给叫几个人来，给吕老师好好来一阵子。"他就急火着出门去了。我疑惑着看潘达仁，潘达仁说，"他好拉板胡，爱拉得很。"这边潘达仁的笛子响起，先一个深长的启音，再开始了幽怨般的诉说，像过了林子，笛音就弯过来，清亮一片了，又颤若豆蹦。那边女人有了这音，身子慢慢也颤起来，要跟着动，却不好意思。然身子还是跟着动，安了弹簧似的。那样的腰身，在那样的女人身上，任何音都是会拨动她腰里的簧弦的。外边一个高声，我出去看，看不见影子，明显是村长给一个人喊，"达松啊，把达亮和达清叫上来，快点！"村长的声像击大铜，在沟里碰着。对面那个应他声的男人我看到了，瘦小，秃了半个脑袋。一会儿果然村长一股风般进来，后面跟了三四个怀里抱二胡提琴板胡的，潘达仁

① 打搅团：陕西美食，玉米面和麦面为主的主食。

媳妇就拉凳子安座。

村长坐定，说，"咱给老师热闹一下。演奏的不好，不要见笑。"就要一起开始。村长又说，"迎香也来一段舞么，平时不好聚，聚一起了就放开整。"我问迎香是谁，村长说，"达仁媳妇叫迎香，尚迎香。我忘了给你介绍了，这个叫潘达松，这个叫潘达亮，那个叫潘达清。我们都是'达'字辈，一个老爷。"说完村长笑了。潘达清是个满脸胡子的人，豁唇做过手术。潘达亮则清亮得像个干部，又白净，衣服极周正。

没想到州河边还有这样的村子。一个沟里，一场规模极小的音乐会开始了。他们平日或许还在一起练习配合，或许不曾一起练习过，可他们都很认真演奏。尚迎香在中间跳舞，旋风一般，不比州城里跳舞的专门人才差。这样的响动传出去了，一会儿门口聚了几个女人和孩子，孩子是羞脸子，偷着看。尚迎香就叫来看的两个妇女，一起跳。一个更羞红了脸，跑走了；一个就进来和尚迎香一起跳，像是两只蝴蝶。曲子清丽，似州河的夏日，又来了一个喧哗高涨的曲子，把屋里的气氛也搞得颤抖起来。尚迎香最好这样的气氛了，把身子抖得仿佛要落下花瓣了。一曲下来，演奏得摇头晃脑，沉醉其间，可跳舞的尚迎香，一身热汗出来了。

一个老乡从下面上来，背着背篓，背篓里买了五六头猪娃，他被音乐引过来了。直上到潘达仁的院子里，把背篓靠在院子里一块圆石上，背靠了院墙听，满腔的舒坦。他不朝屋里看，只是蹲着听，把一根烟点起，让面前一股烟上去，很解渴似的吃烟。

屋里的乐声和响动，他真听懂了，但也只是低头听。他是听多了吗？这时一个孩子把靠在石头上的背篓撞倒了，五六只黑猪娃须臾间，吱吱鼠标般地跑开了。孩子们就一起嘻嘻笑，跟着猪娃也跑起来，院子里乱成一团。屋里的停了，都出来看。猪娃在这个时候，很难被捉住，它们迅若抹油的珠子在滚动。经过众人一起努力，终把这群搅扰音乐会的猪娃瓮中捉鳖了。吃烟的男人背起背篓要走，给村长说，"实在对不起，扫你们兴了。我走了。"其实大家一点也没减兴，倒是猪娃这个节目插进来刚好终止。

我走时问尚迎香，说，"你的名字非常好。"我说，"上迎香是个穴位，在鼻翼两侧，按摩了可以治鼻炎的。"她说，"我是高尚的尚，可不是上下的上。"我说，"我知道。"我又问，"你懂穴位吗？"她说，"我不懂，可我祖父懂，我的名字就是他起的，他开膏药铺。"我问，"在哪里开？"她说，"在镇上。"我说这个迎香好。她说，"我在娘家是迎字辈，我们娘家和我一辈的几乎名字里把啥迎完了，该迎的都迎了，不该迎的，没啥叫了，也迎。"我问，"都叫啥了？"她说，"迎春迎花迎宾迎凤迎山迎善迎树，还有迎新迎生迎雪迎梅迎美迎荷迎兰迎丰迎福迎诏，迎剑迎仙迎竹迎朱迎苓迎贵迎辉迎桂迎鹊迎照，太多了。"

我离开贤坪村时，州河上下已是余霞落照了。下来就是州河的入夜沉静，两边灯火起来，晚餐飘香，举家合眠。这一天算完了。

我采写的到底没有合宣传部的口味，人家是看在文学的脸上。

虽没有批我，可我知道我在此处写的文章是没被录用的，宣传部副部长还是指示一个宽鼻子姑娘给我倒了一杯茶，这杯茶算是客气的，我一直把纸杯端出来离开宣传部的。我再次去宣传部时碰到了潘达仁，他依旧客气地呼我老师。

六

十柳铺镇上是有个膏药铺，大怪把膏药铺白须如瀑的老头叫表爷。这关系有点曲折，表爷是祖父的表哥或表弟，孙子婉转伸脖上去，就叫表爷。膏药铺老头是大怪父亲，姚天雷父亲表弟的堂弟，又是堂弟，又远了几步，这样尺度起来真有点八竿子打不着，算是亲戚也算不得亲戚，有事了可以拉近论作亲戚，无事无用了，退远点也是对的。州河上下，这样亲亲疏疏地计来，则悉数有些关系，想完全说是没有亲戚的，那简直不可能。总是上下有亲，或者左右有亲。亲套亲，亲沾亲，亲串亲，就把州河上下用亲字织成了网子，从窟窿眼里漏出来的所谓独人，几乎没有。这样也好，都有关系了，哪里有事，就牵动一大片。好事，惹得一大片的喜，坏事出来了，都奔着去说，做和解安息的工作。不好不坏的事也能调动一大批嘴舌来说，至少添了话料，丰富了州河的日子。

十柳镇就那一个膏药铺，可挂须老头有好几个懂医道的，能治关节炎、肩周炎、风湿骨、病腰椎间盘突出、腰肌劳损、跌打损伤的，就那个须如瀑的老头，其他的不会。

膏药铺的尚老先生，尚迎香的祖父，都九十多了，还亲自坐诊。一个干硬干爽干巴的须瀑老头，有太阳了，斜躺在门首藤椅上，这情景无论如何对腰背骨节疼痛的来说，都是广告。铺子里雇了两个人，一男一女，算是尚老先生的徒弟。抱痛的人来了，到尚老先生的面前鞠一躬，笑笑再进去，仿佛痛也减了几分。老先生只抬抬明溜溜的拐杖，朝里指指，轻声说，"里面有人。"这就对了，径入去，里面准有人搭声。

这膏药铺不大，是个两层楼。上面辟了单间，放单床，患者来了是要躺在床上被推拿按摩一番，再敷上膏药，约了下次来的时间再如此办法。一个疗程一个月，收费不算高，比州城里低多了。待来了有疑难杂症的患者，把老先生扶进来，瞧瞧摸摸捏捏又问问，老先生便说是啥病，用啥膏药。这样被老先生辨识了的，没有不好的。有了这一瞧一摸一捏一问，患者是百分百的放心，只管掏钱是了。

姚天雷近来的肩周炎犯了，姚天雷让儿子大怪用车拉来看。下车看远处，姚天雷指着前面就说，"那个眯眼坐在躺椅上的老头，你叫表爷哩。"老先生模糊的眼前来了两个影子，一个影子喊表叔，一个影子叫表爷，都弯腰下去，像是水里打颤的影子。老头睁了眼，看清了面前来人，从须里咳出几个字，"这是天雷啊。"姚天雷说，"您老还能认出我来。"须里又出来一声，"能么。"姚天雷把自己儿子大怪拉到老先生面前，说，"这是我的儿子，姚同天。"老先生说，"没见过，长高了。"姚天雷下来说了自己是肩周炎，疼得厉害，抬臂动手都疼，连穿裤子端碗都锥子锥着疼。老先生朝里指指，慢慢说不怕，姚天雷扶着表叔一起进去了。这是亲戚，老先生要特别瞧瞧，怠慢不得的。

今天镇子上格外安静，仿佛狗也少了，太阳也很温和平顺，树影婆娑，只是酱醋铺门前的味儿飘得绕不过鼻子。两边房子都是买卖，间或有汽车摩托车过。摩托车多是年轻人，光了头或留着长发，骑了摩托飞驰，在炫耀年轻。过去了，两边有时有人看有时也没人看，过与不过他们并不在意，天天如此，为啥多看一眼呢。今天在南边一家的铺子里要说事，几个人已经进去了，在等双方的人。

十柳镇上的大小事已经习惯了由一个人主持公道，那就是退了休的中学校长齐泰渊。原来并不是齐泰渊，齐泰渊之前负责主持的那个人死了，担子就塌在他的头上。他是中学校长，退了也有了宽余时间，加之身体还硬朗，又是快八十的老者，凡活着的，绝大部分做过他的学生，说了话，没人敢不当事。慢慢，十几年里，齐泰渊就是这个镇子上的主事的了。出了事，人们就先问，看齐校长在不在。

州河上下，唯这里民风最崇尚说实话。在齐泰渊说事中，也最见不得有一句半句谎话了。在齐泰渊口里常提说的是，实话吗？被问的人心里就慌，脸色也变，眼神也乱，凭这些表现，齐泰渊就能判断了。

今天是镇上两家有了事。一家娃开车把一家人撞了，没有死，自然要请齐泰渊息事宁人。双方代表约定在膏药铺旁边一家的二楼。茶已沏好，上好的叶子，仿古的家具，举室温暖。代表已到了，就等齐泰渊校长了。一会儿一个长脸的谢顶老头儿从街上过来，即使不认识的，看了他如篷的眉，也觉得绝非一般人，这就是齐泰渊。齐泰渊到膏药铺，专进去要见一眼尚老先生，道一声安，问问身体，向尚老先生说，"我就不喝了，又有个事。"手朝旁一指，辞了出来到旁边楼上去。今日他穿一双新布鞋，戴了老花镜。按说这个年纪，齐泰渊该佝偻了，可他依然挺拔树立，觉得丝毫老态都是对不起十柳镇的，连他中年时颊上的几颗麻点到了古稀时也退尽了。

齐校长没落座就问，"开车的娃呢？"一方代表就说，"来了。"便进来一个圆蛋般的小伙子，不敢看齐泰渊。齐泰渊抿了一口茶，说，"娃呀，说实话，把过程说说。"那小伙就说了哩哩啦啦一大堆。后来，让那个小伙子出去，一堆人开始议。等议了好长一会儿，齐校长说，"好了，清楚了，拿出三万块钱，给人家看病带赔偿。"他话一出，在座的都是他的学生，有两个还叫他舅，是不甚远的八竿子打得着的外甥。大家都觉得合适，就都专心吃起茶来，才沏的，正在味儿上，不喝了可惜。

事情就这样平平妥妥地放下去了，亦如州河的流态和日升日落，没人注意，也没有必要注意。

隔壁楼上安了事，膏药铺里姚天雷的臂上也贴了六片膏药，感觉辣辣的热在朝上下窜动。他呵呵笑，说，"还真管用，热得像端着火炉子。"当贴膏药的大夫把他送出来时，尚老先生正在一楼厅里和一家人吃饭。饭是苞谷糁稀饭，熬到了时候，黄亮似胶，又有一个大盘子盛了几角子焦黄锅盔，菜极简单，一碟酸菜，一碟炒土豆丝。饭桌上，尚迎香也在，就坐在祖父的左边。姚天雷已经认不出来了，尚迎香却站起来问候姚天雷，叫表叔，并客气着邀吃饭。姚天雷疑惑了，尚老先生的须里又说出一句，"这是香香。"姚天雷才想起是原来那个洋气得像个玻璃娃娃的迎香。大怪却认识，但不知还有这层亲，他还认识尚迎香在镇上工作的丈夫潘达仁。

　　这一天，我骑车子在十柳镇有事，吃了烩豆腐，把笔记本忘在一家店里，折返了取，回去就不早了，快出街口时又遭一条狗的猛吼，我差点慌神跌下来。它是看我穿得不威风吗？

七

十柳镇主要有三个户族，尚家，方家，严家。尚家和方家历经数百年，后人发展得枝繁叶茂。只有严家，后人差不多没有了，把房子也卖给了尚家方家。十柳镇实际上成了尚家方家的地盘，严家像从时间的筛子眼里漏走了一般。一些事情就是说不清楚，原来的三足鼎立，硬是没了一个足。

从左边数，隔膏药铺三家，是方家支脉里一个后代的香油店。香油店里的老板娘正在敬灶火爷，灶火爷在普通农家里地位最高，因为他管着吃用，谁也得罪不起。腊月二十三，小年，都要把敬灶火爷当一件大事，马虎不了。老板娘是个讲究的人，逢节她都要注意细节。她中午时就打发孩子去买坨坨馍，孩子只买了两个，这哪里使得，得三个才能敬神。她把孩子已经骂过一顿了，就把中秋时没有吃完的月饼拿出来一个，和坨坨馍一起凑三样。在前几年，都是她到了这个时候烙馍，还要烙糖夹心的，对灶火爷她从来没轻视过。现在她不烙了，也是顾不上吧。香是有的，她燃了香，把坨坨馍和月饼盛在盘子里，置在灶房里，又作了三个揖，就离开灶间，灶间的香气就慢慢弥散开来。她敬灶火爷时已快到月起时了。

　　香油店已经是十柳镇的老铺子了，只是变化不大，原来这么大，现在还是这么大，以后或许也是这么大。好像十柳镇周遭用香油的就这么多人，想多起来难，想少下去也难。店里就是老板娘了，那女人也是一位稀样①的女人，把店面撑得像城里的店，自己心里又有路数。到了后辈，虽断了五六年，可终了还是续上了。这店依然开，芝麻香气从过去飘到现在，实在不易。现在这个老板娘算是重孙媳妇，也已经是四十多岁的人了。男人方百洲是镇上的干部，香油店只能由她了，她和她原来的祖上奶奶一样做起了老板，且也是有生意脑子的人。这女人中年以后，愈发稳重。她挣了钱，却不骄傲。男人在镇上把钱拿回来了，她在店里把钱挣得了，两头进钱，她家确实不缺钱。这女人也是大流女人，说不上漂亮，也不是没有姿色的，唯个子是上下十多里地方没有的高个子，简直有点高耸入云了，她的名气多半来自个子高的原因。她和丈夫一起在街上走，倘若彼此走丢了，那只有一个朝天上寻，一个朝地上瞅。这样的悬殊，使他们轻易不在一起走。不知道他们家底细的，以为二人恩爱，不缺钱，又实在看不出他们缺啥，是好家庭的典范了。可实际上，这两口子也是貌合神离，男人不肯回去店里，把香油店全然丢给了女人，二人不在一起住，来了客，和睦和气和善，特像恩爱的两口子，可客人走了，又立马恢

---

　　① 稀样：陕西话，俊俏。

复原样。他们有个女儿，上初中，孩子功课是老板娘的事情，男人不管。据说这男人外面有人，这是这个镇上明摆着的事，都知道。可到底男人有了谁，又没有确切证据，多年了安然着，没发生过一次吵闹，看来离婚是不可能的。

　　还有一事，也是十柳镇都知道的事。尚家和方家是冤家，这冤仇结了几代人了。滥觞处即在尚老先生处。尚老先生年轻时，也是一个情种，和方家二奶奶有了私情，且二人难分难解，造了一河滩的浪漫故事，使尚方两家的名声在外面惹了黑脏，他们二人曾拉手跑到了河南，过去半年，又回来了，两家对这样的事情如何接受呢，可后来还是接受了，两厢撕扯，立了协议，不再揪扯，果然他们二人不来往了。尚家少爷是少爷，方家奶奶是奶奶，像没有事一样。但这事在州河上下传扬开了，且这样的事又格外惹人喜欢，致使两家的人怎么也咽不了气，特别方家认为吃了大亏，见尚家人就想挥刀砍杀。两家自此成冤家了。到了方家二奶奶死后，几代人下来，按说冤仇也冰消得差不多了，可两家还是不太来往，像老房子里的蛛网，虽是丝，总还横结在两家心里。两家虽户面渐大，到了红白喜事处，也是不来往，你走你的路，我走我的路。方家大人总给自己的小孩说，离尚家孩子远点啊，尚家大人也是这样叮咛自己的孩子。即使两家有男女孩子的接触，两家大人也是擦亮了眼盯着，生怕出了点事。至于通婚，那是万万不能的。冤家归冤家，可两家有两家的原则，就是谁也不伤害谁，只对峙，不发箭，这像暗里的默契。于是这么多年来，两家没有官司可言，像州河边两排树，各长各的根，各布各的荫，互无妨碍遮挡。

齐泰渊是两家的常客。有齐泰渊，再是有深仇大恨，也不会动粗撸拳。另一个原因是，齐泰渊两个女儿分别嫁了两家，他是尚方两家的亲家，怎么能让两家出事呢。

过了二十三，离年交七天。香油店的老板娘把过年的东西都买了，豆腐，肉，粉条，葱，米面，也买了鞭炮和孩子的新衣，过年该准备的都准备了，就看男人方百洲回来带啥了。就在腊月二十六时，方百洲回来了，是车送回来的，从车上卸了不少东西。司机是个小年轻，嘴又甜，到店里嫂子长嫂子短的。老板娘在司机走时，想补贴那个甜嘴，让他提了两瓶香油，司机不好意思，反假意推辞，把一瓶竟落地打在了门口，香气趁机在冷风里被推着跑，显摆似的，香了一条街。

不用说，尚迎香的丈夫潘达仁和方百洲是同事，二人关系不错，常邀朋共酌。若按农村严格起来的辈分，潘达仁应该叫方百洲叔的，可在酒的面前，方百洲说，"叫个球，我是你哪门子的叔。"

八

州河两岸最撩人的是春夏。事事澄明，时时澄明，处处澄明。秦岭深处是幽静翠绿的，潮润得黏糊，而到了州河这儿是秦岭的浅处，朝东慢慢的低落着。春刚卖眼就到了夏，连住了，不好分，州河边的步子立马也轻佻了。这时显得宽阔多了，风起树摇，雁在高处，鸟在低处，开花的开花，浓翠的浓翠。天也远了，声也清了，两边的日子也显得没一点冬时的落寞。站在村头，站在坡头，站在门口，放眼是极远的，彼此的问话也有点温热，感觉州河是自家的河，世界让州河一下子占满了，天底下没有比州河上下更宜于过日子的地方了。两边的村子真是宜于过日子的村子，两边的人真是居在好地方了。房舍在温暖里，小路在温暖里，大人小孩都在温暖里，笑话也在温暖里。不管面北的村还是面南的村，门口是绝对对着州河的，河里的潮涨起来，就挤门拥窗，把州河和村子融于一起，分不清白云是山顶的，还是树梢的，抑或是房脊的，只有鸡鸣狗吠才能把人拉到现实的地上来。

河堤在州河两边，路就在河堤上。堤外是地，堤两侧是树。这样的荫下路上，跑车走人，骑自行车的人最多，把铃摇得呼啦啦地赶路。堤边也是有小路的，和大路不冲突，各有各的用处。小路上是入两边村的路，也常走牛走羊。狗是跟人的东西，又善于欺负牛羊，把这些小路老搞得热闹有声也趣味不断。中午饭后，能见村里的老者或小孩赶着羊或牛在堤侧的小路上行，树影婆娑，他们戴着草帽，手里握着树条，嘴里骂着赶，树条挥着赶。这时就在两侧小路上有两个人在赶，老者赶着牛，在河东，红牛六七头；小孩赶着羊，在河西，白羊六七只。他们不是一个村的，更不认识，可赶骂时的话却一致，肯定是小的学来老的。

十柳镇那儿原来的农业社里就是每天吆牛到州河里饮水的。河到村里几百米，几十头牛，没人去井里绞水①给牛喝，都是吆到河里的。每天牛出了圈，像解放的小伙子，撒欢着奔向河里。饮足了，饲养员一声令起，牛群又一起回到圈里。这事情尚老先生也干过，他曾做过三四年的饲养员。就在那三四年里，他认了个干儿子，就是现在镇东头开卫生室的金龙鱼。尚老先生叫尚得正，将近五十岁的年纪。那天他吆牛去河里饮水，见河里有个娃，穿着破烂，光脚片，瘦小似羊羔，眼泪还挂在脸上。尚得正就拉住孩子问，孩子说他没了父母，也没地方住，在舅妈那里住了几年，挨了不少打，就偷跑出来想死。已经在州河上下跑了几天了，捉鱼烤了吃，睡在草窝里。尚得正一听心软了，自己先唰唰有了泪，说把孩子认个干儿子，孩子点头。问孩子叫啥，孩子说，"我叫茄

---

① 绞水：陕西关中方言，打水的意思。

子。"大约是小名。他把孩子拉回来，换了新衣新鞋，又剃了头，一个光净的小子就成了尚得正家里的人了，喊尚得正爸爸。尚得正说，"以后不能叫茄子了，叫金龙鱼，龙是州河里的龙，鱼是州河里的鱼，知道了吧?"孩子说知道了。尚得正家里多一个碗少一个碗没有什么，他是大家子，儿子多一个少一个也没有什么。他为人和善，认的干儿子不止金龙鱼一个。这金龙鱼也是好孩子，十天半月便吃得身上有了肉，下巴也坠下来，人见了就说这孩子给尚得正争气。金龙鱼和尚家孩子一起上学学文化，尚得正还把自己的医道逐渐传授给他。尚得正要给予这个拾来的孩子自立自强的能力，他也从内心深处把孩子当成亲骨肉。到金龙鱼长大该成家时，尚得正又得操心这件事。镇子里有一家三个女儿，决计招赘一个女婿，尚得正一下子认为这是天降好事，就想让金龙鱼招到那个家做人家的二女婿。这事情一提说，没费几句话，竟成了。也是金龙鱼有福，也因为金龙鱼虽是个苦孩子，可有尚得正这个干爸，又是尚得正家里长大的，人家认为这绝对错不了，就同意了。

十柳镇缺医生，尚得正虽是医生，可不医别的，只看骨病风湿疼痛，只用膏药。原来有个老医，给人看也给畜看，就在家里坐医，谁去了也是那几样药，好了是来人运气好，不好是运气差，再不行就去州城里寻医。那老医人好，谁家里有个紧病人，叫了就去，三更半夜也起来去，惊得半个村的狗咬。他长于打针，虽腰不直，可他手里拿着的针是直的，一根针走遍整个村，几乎村里每个人的屁股都挨过他的针，他死了后再无人行医了。金龙鱼略懂医道，尚得正就找了镇上干部，说让金龙鱼看病，立起村里的卫生室。镇上村上都同意。卫生室承担宣传卫生知识，给孩子打疫苗，有了瘟疫，卫生室就得奋不顾身了。一年里卫生室也得国家的若干补贴，又给每个卫生室配了一名护士，国家付工资。金龙鱼干这事，很精心也很得意。尚得正私下心里说，这个干儿子也是天生的有福气，有个好媳妇，得了一家子的光景，又有这个卫生室，他可以一辈子安然无忧了。

今天卫生室门口幽静着，里面有几个人在挂针，外面只有两只小狗互抱在一起睡觉。从门口斜进去的光里，金龙鱼穿着白褂子坐在那里看书，等谁的针挂完了就去换滴瓶。从门里他能看到远处州河边的路上，几个极小的点子在动，是人在行路，还有红点子，那是女人。十柳镇上下有不少村，来去动的点子不知道是哪个村的了。

金龙鱼有了孙子，那是个淘气的小学生。今日恰散学后又偕了两个同班同学去州河里捉鱼了。大人在快丰水时，是反对孩子随意去州河里乱窜的，年年都有被水冲走的例子。上游下了雨，下游不知道，有的孩子只顾在河里玩，一股水下来，悲剧就来了，留下几个家的哭声。金龙鱼的孙子已经为此挨过几次打了，可他是极调皮的东西，掌落在屁股上虽一时痛，可没过几分钟，他又想着河里。那里有太多可喜可玩的，鱼鳖可以摸，两侧堤上的树可以上。和同学一人一棵树，在树上攀枝折柳的，俯视树下行人。

在河里也能脱光了浪荡，不为洗，是为戏，几人赤裸，掀起水花，互作敌人，朝对方脸上身上用掌击水，以对方捂脸退缩为赢。也有用滩上的五色石子朝水里扔，比谁能扔过河，能过河的少。摸鱼鳖又是本事，围着河里的大石转，几人一起堵石侧隙，才可能有获。鱼是小鱼，手是小手，有经验的能摸不少，用柳条提了腮，回去炸了吃。这种小鱼炸了很好吃，是香脆孩子们口舌的极佳物。做这种事，书包就放在旁边石上。书包也是彩花的，滩里石头侧这时就有不少五彩花草，正值春夏，玩着又易离开原地，到找书包时常找不到，又一阵乱急——最后还是能找到的。不过也有被过河的大人故意提走离开原地方的时候，让这些好玩的东西们好一阵急，好一阵找。在正午是很少有孩子去的，学校严，谁去了河里是要被通报到家里的，家长的掌是专为那些淘气东西备着的，且备足了功夫。柳丝漫天飞舞，扫行人的顶，骑车子从柳下走的人，用手也能扯扯柳丝，相伴走的，或许就折了柳条在手里扬动。话不息，柳在手，这多是谈恋爱的。像金龙鱼孙子这样的小东西，还摸不到柳条，就蹦着够，够到了扯着企图扯断，可柳条是不易折断的，他们常扯脱了柳条皮，落一手绿汁，还有苦味儿。

风逗孩子，柳惹孩子，州河又吸引孩子。两边村里的孩子，就是在河边长大的。河粗了河细了，河涨了河塌了，今年这样，明年也这样。可这些小东西，一年一个样，倒成了大小伙子，成了男人，中年，老年，州河还这样。人老了，州河不老，又要吸引老人的儿子孙子来河里玩，一辈又一辈都这样有州河伴着，来了去了。

今天金龙鱼的孙子就提了五六条鱼回来了，这小东西身后跟着几个小东西。一人提一串鱼，嬉笑着又有好吃的了。书包斜搭着，看来分量不轻，文具盒在里面晃荡出声。到他的金龙鱼爷爷门口时，他故意猫了身，一个闪，过去了，金龙鱼没看见。要回去还要经过那个他叫老爷的尚老先生门口，他不太怕，因为尚老先生的掌没有在他身上落过，尚老先生也从来不曾用掌威慑过孩子。他一辈子和善温良，如一杯不烫嘴的开水。可这时老爷看见了，用手杖指这小东西，让小东西就走近来，小东西害怕老爷批评。老先生却细细看了他手里提的一串鱼，问，"多大一会儿摸的?"小东西说，"好大一会儿呢。"他身后跟着的几个小东西也纷纷窜回去了。老先生说，"好。我小时也去州河里摸鱼，比你们摸得多，春夏秋三个季炒勺里没断过鱼，还有鳖，呵呵呵。"他从浓须里冒出笑。小东西不信这样的银须人也去河里摸过鱼，就问，"你肯定技术不行。"须里又说，"技术? 比你们技术好多了，摸一晌子够一家人吃的，你说多不多?"小东西还是不信。须者又说，"不过现在河里鱼少了。"

九

金龙鱼卫生室门口悬着一个鸟笼，鸟儿扑腾了一下。州河上下养鸟的人不多，都在操心如何把日子过好过滋润，可金龙鱼受州城里一些人的影响，也开始养鸟了。

屋里婆娘在做饭，正擀面。今日不知是如何了，把面擀成了牛舌头。她自己先笑了，给外间正看书的金龙鱼说，"面成牛舌头了。"金龙鱼并不说话，面成什么样，不要紧，都能吃。里间又说，面软了。搓面看来简单，却也是技术活儿，硬了擀不动，软了又不敢使劲儿，结论就是牛舌头即使把面铺用再多，也是难成很圆状。结婚多年的州河婆娘，都能掌握住搓面的软硬，把面擀圆是基本功，还要能擀成薄纸般地碾过去。切细了，下在锅里只翻面两煎，热腾成莲花样，捞起来像一窝丝。夸婆娘擀面手艺常说，那婆娘手下面是一窝丝。今天金龙鱼婆娘出奇地出了牛舌头，这是几年里没有的事。

州河两边人都是擀面吃，且原来多在糊汤饭（苞谷糁稀饭）里下面，为的省面，吃捞面粘面的少。哪像关中，土地宽松，有得是麦，随便烙馍捞面的吃，尤其关中人的拉条子，粗如蛇，又拌有红油辣子，端个老碗，能把州河里的人看着羡慕死。嫁女也是因为关中的拉条子和烙馍，拉条子也是男人最喜爱吃的东西。州河那里奢侈不起。

商州人是吃浆水面的，浆水过了油，叫"燿了"，浆水味儿就发挥出来。那种酸，从油锅里一放，几天不见浆水面的人，闻到了毁鼻子啊。有姜葱佐之，味道奇绝。浆水菜是州河那里的人长年吃的，据说湖北一带的人也吃，秋季把萝卜缨子全做了浆水菜，放在大瓮里，要吃到来年春末。夏天吃不得，若是想吃了向精心准备浆水菜的家儿借一碗。这味儿把州河上下人的胃口娇惯得过高，走到哪里都忘不了家里一碗婆娘的浆水面。今日也是浆水面，金龙鱼和多数男人一样，被浆水面俘虏了。

门首的鸟笼里有个小碗盛水，装的是鸟儿的饮料。笼里的鸟儿是小鸦鹊，这种鸟儿唯州河流域有，冠较大，像个为官的，尾也长，冠和尾都深黑色，中间颈腹却紫红。叫声尖细，仿佛是急性子。州城里就有人养这种鸟儿，很气派。金龙鱼挂在门首是显摆，也是表明自己和州城里人差不多了。这种鸟儿听说还是稀有物。镇上曾来人问起过，金龙鱼的答复是，城里为啥有人养？镇上的人便走了。

小鸦鹊果然是喜人的，州河边的人见得多了，可要抓住，还真不易。四季里，唯冬季见得少。其余日子，小鸦鹊多在州河边的树上，滩上居留，吃草籽，饮河水，几只一起玩。有时也来到村里房舍上，望东眺西，吱地一声又飞升去不见了。州河边的天空高远，湛蓝，是鸟儿的家乡。小鸦鹊就格外自在逍遥，它们踏了枝，又踏了石，再低首啾啾。

人的日子也成了它们的日子，人的天也成了它们的天。常常是小鸦鹊自由在空里，人在地上走，偶一抬头，看到的就是小鸦鹊，拉着长尾，优雅地过来过去，像把天上作了舞台，刻意要展示自己幸福似的。过去有人用弹弓瞄过小鸦鹊，可少有射中的，射中的多是麻雀。现在没有人做那种事了，连麻雀也被人爱起来，就更稀罕小鸦鹊了。要是偶尔小鸦鹊歇在谁家窗台上，那家人绝对要悄悄聚首了指着小鸦鹊低语，是看它，欣赏它，喜欢它，想邀它入室来，可它不懂这样的款待，屋里稍有一点响动，它便飞远去，不留踪迹。晴天里的小鸦鹊尤其可人，把脖子转得像个轮子，警惕性极高，见有靠近它的人，它就离去。

金龙鱼想起捉小鸦鹊的那天。为捉那只小鸦鹊，金龙鱼没少费事。他在一个周末，和孙子饭罢，就一起去州河里捉小鸦鹊。但哪是那么容易的？虽然春风荡漾，河滩清明，但他和孙子跑了近十里追小鸦鹊。小鸦鹊在河南，他们就涉河去河南，小鸦鹊在河北，他们又去河北。河水不凉，河石却光滑似球，不小心他们就会扑倒在水里，湿了就站不起来。两岸人看见一老一少在河里翻飞般折腾，一个人就卷了手作为筒，向河里的老少二人问话，"干啥呢？"河里的孙子答，"逮鸟，小鸦鹊。"河边那个喊的人说，"疯了？哪能逮到？要寻州城里专门捉鸟的人，他们有工具，一只二百块钱。"金龙鱼喊，"是吗？那我去找他们去。"没有捉得，可折腾得够乏的，二人回去吃了饭。金龙鱼就给州城里一个朋友打了电话，找了个捉鸟的，拿着工具，骑了摩托，一会儿就来到州河金龙鱼爷孙俩待的地方。捉了一只小鸦鹊，金龙鱼给了二百，交讫，金龙鱼还从那人手里买了一个笼子。那个小鸦鹊就在了金龙鱼的门首橛子上，一天叫几声，一天或许不叫几声，从镇街上过的人都看得见。小鸦鹊吃谷粒，饮州河水。长尾很招人爱。檐下的风是小鸦鹊的，爱它的人，会走近来嘴里囔囔地逗，它或许转头来理，或许不理。到了黄昏时，金龙鱼就用一个带钩的杆子把小鸦鹊取下来，挂回去，和它一起到翌日天明，再把它挂出来。

某一日，金龙鱼的檐下小鸦鹊不见了，看到的人说是州城里来人偷走了。这让金龙鱼很生气，也很伤心。他不是心疼那二百块钱，是舍不得那个精灵般的小鸦鹊。他去到干爹尚得正那里说了，其实是诉说心里的苦，尚得正说，"你就不该捉了来，那小鸦鹊和人一样，要的是在天空，笼子是啥？把人关到笼子里试试。"尚老先生要揭须吐痰，金龙鱼赶紧端起一个纸杯子朝长须下递过去。

"莫非被人泡了酒喝？"

尚老先生也是猜，轻轻吐出此言。这里人都知道小鸦鹊配了党参、川芎、龙骨、肉苁蓉、桂圆肉和大枣泡了酒喝，能活血化瘀、通经通乳的功效。这话一出，金龙鱼一时心酸，滚下两颗眼泪来。

那一年的盛夏，州城电视台因为金龙鱼在州河里救过一条娃娃鱼，要采访他。镇上的潘达仁给他说了，他初不应，后来勉强应了，可次日来拜访录像，他竟吓得跑了。跑哪儿了呢？在镇上找遍了没有，也去尚老先生那里看了，没有。

州河的一棵柳树下坐着金龙鱼。正午，太阳火着。柳树下清荫庇着他。路上行人也稀少。州河的远处拐弯那里，几个女人在趁正午无人时洗澡，赤了身，还把声大胆着弄出来。可远处的一棵柳树下，一个男人，两只眼睛，盯着过去。女人的赤体是看不分明的，还可以看个大略。这时他不想被打扰，因为这是他几十年来没有体验过的偷看，身边任何一点细微的动，都是他的敌人。

找到他的是他的孙子，蹑手蹑脚地，朝他背上冲去。还好，孙子没有注意远处，他们俩赶紧回。这一走，金龙鱼几年里至今还存着那幅群娥戏水图。

回去电视台的人已经走了。金龙鱼说，"到底走了。"他反像避祸。

十

吾州河，的确是吾之州河。

一道川，州河曲曲扭扭，它不是刀斧，见山就躲，见沟就走，走得仿佛憋屈，可它欢畅如童脚，向东南去。

这样的川道，并不宽敞，可还要走车。一条公路，叫长平公路，是从长安通到河南镇平途经这里的。这路修缮过，还在州河上下补了几道桥，也修了几道桥。那么在这以前，这里的公路可能更破旧。怎么个破旧呢？说来很不易。路是随着河南一边走的，河如何弯，路就如何弯。河是软路样，路是硬河形。河南边又多是石崖，要走车，就得凿刻了石崖，造出路来。石崖是暗红的，又都是沙石叠积得的，坑洼不平，常里面夹缠的石头被剥落了，石崖就显出一个圆坑，雨水落来，就像是鸟儿或其他小兽的饮杯似的。石崖上半部，在兵燹战乱时又被周围民众打凿了窑洞，可隐身可居留，大点的窑洞里还有置灯的小窑窝，可要上去很难，得梯子或绳子助。躲在那里面真是安全的，居十天半月没有问题。石崖下面就凿进去，把崖凿成弓腰形走车。车走过时看着怕，可石崖塌不了，尽管放心是了。远看那弓腰的形势，则万分像巨大的房檐，车子则是个簸箕虫了。车少，半天才过一辆，过去了，就有不太见车的孩子呼叫，给他人说，"看看看，来了来了。"他们看了，车子走了。下一辆来，还是看，看了又走了。车在红崖下移动，一侧是崖的峭壁，一侧则是州河。冬日里，崖壁一侧会挂着冰溜，上头大底下小，像悬着的锥。到快近春时，冰溜上流水，那水清洌，又凉极，舌头接着了，一股森劲，若洗手，冰凉的寒能渗到骨子里去。当地路过人都不敢用那滴水洗手，经过的司机也是知道的，好奇来了，停了车去接水滴，清如水晶，他灌在瓶子里，在途中用，洗手或洗脸。

　　州河一侧，多数处也高，少有平缓处，下不到河里。遇到车翻，那就不好办，车没入河里，上来是很难的。也有身手滑耍的司机，车下去了，人却完好，趁势在河里洗个凉水澡，把衣裤再洗一遍，晾在石上干了，才慢慢平稳地去叫人想办法。这是凉性子人，凉性子人一辈子脾气好，太阳沉了也不急，他们认为，那样的事，有啥办法呢，着急有用吗。当然河侧也有较缓能下到河里去的地方，在暑天最热车过往时，司机肩上搭着毛巾，下到河里去洗，再趁着那么好的水，洗了脸洗了腿洗了脚，把毛巾拧干又搭在肩上，还要哼哼着小曲，哼了浑身就抖擞成筛子一样舒畅。这时若看见那边河岸上有洗浣女，或者岸边地里有干活的女人，或穿红着绿的，被司机瞄见了，那司机就要格外尖一两嗓子出来，把红绿的惹得转过头看一眼。州河边的女人都知道开大车的司机好东西少。

早年间，车极少，路也窄，主要跑拖拉机。拖拉机早的是手扶拖拉机。烧柴油，前面一个方油箱，中间是分开的长叉，后面拉个方大的车厢。人坐在中间，双手就紧握着叉开的两边，手扶拖拉机就是这样来的。这手扶拖拉机一出来，把架子车就打倒了，毕竟是吃油的机器，人坐着开，不用太大力就能拉许多东西。这东西原来极似蚂蚱，在公路上一跑开，一时间成了农村主角，争相买。首先开手扶拖拉机的，是农村的能人，开始了拉货挣钱。过了几年，又出来了四个轮子的小四轮拖拉机，掌方向的成了更像汽车的方向盘，也好开多了。四轮顾名思义，前两个轮子小，后两个轮子大，后面也是拖拉着四方厢。拖拉机贵在是前拉的。

公路上汽车稀少，主要跑两样东西。从州城到村里往返，出村时，车厢后就坐满了赶城的人，即使拉了货，货上也坐着人，哪个村里没有这样搭车去城里的呢。于是开拖拉机的，人缘格外红火，毕竟捎脚是为人好事，有拖拉机的，在村里就有点厉害，他婆娘也喜呼啦高声地说话，言镪①口满了也不大计较。开拖拉机的男人，被油烟熏得脸黑，穿了黄大衣，再冷，也故意把大衣不扣钮子，冷风把大衣鼓作帆样，走路不看人脸，甚是牛气。搭拖拉机是占便宜，路上虽敞了风，可也阅了景，州河两边随便阅览。河里的人，河上的桥，河里的牛，河上的岸，路上遇到本村或邻

---

① 言镪：陕西关中方言，形容人说话尖刻，也引申为爱占便宜，寸利必得。

村认识的人，搭拖拉机的人还要显摆着挥手大喊致意，却也灌了一嗓子冷风。到村里下车，开拖拉机的照样不看他们脸，他们随嘴说几遍谢谢，开拖拉机的还是不看他们脸。

州河边的公路也有不贴石崖走的，崖下是村子，把村子破作两瓣。这样的村子，反而是好村子，生活方便得使周围村里的女子多想嫁去那里。那个村的人也和其他村不一样，交际宽了，见人也气高，看来手头比别处的宽裕。有个叫高桥的地方，公路就从村中间破出去，在那里村子形成了大弯，公路实在不好跟着走弯路。从高桥陡坡下去，就是河里，公路下去后又急弯朝北拐，这样拐弯太性急了，像没瞄准就开枪。遇到脾气坏的车，在冬季雪滑时，车冲到河里是常事，大声溅了水花，村里人才准备扛杠子皮绳去忙一番，是挣钱也是冬日里的娱乐。遇到侧滑到路边的车，司机也得靠村里人来帮，算计好价钱，钱到事好，自然也有公道时，也有司机掏了钱詈骂不绝时。

州河川道那时还算清静，一条河一条路，挽臂着走。河走河道，车走车路，人过人的日子，太阳在天，虫子戏草。到了以后的日子时，要修高速路，把州河道里委实搅扰了起来，再过些日子，又要修铁路，铁路就通了，能看到火车了。原来为了满足孩子看火车，需要翻秦岭到关中看，现在就在眼前。商州火车是陕西通得最晚的，可州河边的人并不喜悦，因为他们的地被占完了。他们说，吃啥？本来川道里有点地，水进去是水地，泄了水是旱地，种啥成啥，不愁吃喝。可如今没了地，干听火车的响动能行吗？没了地，仿佛日子并不显枯燥，河道里热闹有了，几条路上车似飞马奔的，一条稠似一条。火车道也是顺州河走，只是那长虫般的东西，不好打小弯，在河两边钻了不少洞子，进洞子出东西，悠闲自在，电机车不冒烟，也没了哐哐声，过去就过去了。犹老人的一句闲话，说了就说了，看惯了，没了过去孩子们见了那长物的惊喜样儿。

水地基本没了，原来州河两边种稻子，端午时，一片银亮，是要插秧了的水田。现时没了，可两边的房舍清亮多了，一家一家比赛似的盖平房。国道就在大部分村边过，把村子和州城拉近得一袋儿烟工夫就能打个来回儿。

十一

　　苏家坨姚天雷的肩周炎不知好利落没，有他的表叔尚老先生治疗，一定会好的。这是个苦病，疼起来要命。谁要在肩周炎里强装汉子，那就是真汉子。

　　姚天雷在方姬村有个朋友，爱在石头上画秦腔旦角，家里成了旦角坊。石头就是从州河里捡拾的，石头多的是，旦角也画不完。姚天雷爱戏，常在这里跑，看这个朋友画的，也常到方姬村一个男人家里听戏。画旦角的朋友叫沈十五，沈十五是八月十五生的，就叫了十五。

　　沈十五今天又去州河里捡石头，他背个背篓，哼着戏文，身后跟着短腿狗。从家里到州河石头最密集处，大约走半个小时，要过公路，公路下有涵洞，涵洞过去直通到河里。有点风，可不冷。风把他卷着的头发掀得竖起来，又立不稳，倒下去再立起来。他的头发卷得有点怪，像烫过的，又留得长，从后边看，还以为是个女的。在整个方姬村唯他一人是卷发，他的父母都不是卷发，实在奇了怪，他的卷发从哪里来的呢？短腿狗是他最贴心的，寸步不离。沈十五原来有个婆娘，离了，原因不详。结婚五六年，没吭一声就离了，好在没有孩子。现在他单身，也不计划再迎。他给许多人说过，有了婆娘麻烦。可要人问他到底麻烦是啥，他又语焉不详，摇头摆尾的，只是脸上漾着浅笑。邻居就有胡猜测的，说沈十五父母早亡，一个人在舅家长大的，没人指教，使他太自以为是了，容不下婆娘。也有人说，是沈十五和村里的周天门走得太近，把婆娘不当事，他硬和周天门睡在一起也不和婆娘睡。那能行？谁做了他的婆娘也受不了，就离了。也有猜到的是，沈十五家里那些画得五花八门的旦角，红一个绿一个，摆满了屋里，白天还能受，不怎么怕，到了晚间，要是月光打进来，或者猛一亮灯，这不是吓死人吗？是那婆娘受不了那种恐怖才决意走的，这些猜测都有道理。离婚像他那样安然得有点寂寞的实在不多，那女人在这里待了五六年，走时和贼一样悄悄的，像用脚后跟走墙根离开的。走了快半年了，村里人才知道沈十五单身了，婆娘不见了。村里有人见过沈十五的离婚证，说是真正的离婚。沈十五到今年离婚已十几年，快五十的人了。

他去河里石头最多的地方，并不是州河滩里都有石头，有一段河滩就是沙子多，小石头也少。沈十五知道，沙子是石头的孙子，或者是孙子的孙子。石头从河上游走下来，路长了，就要被磕碰碎裂，又磕碰碎裂，再把棱角磨没了，就成了沙子。州河上下几十里，沈十五跑遍了，他知道哪里多，哪里没有，不会空跑。有了大石头他只背一两个，小的就背多点。捡石头，是真捡，不是乱拾。能用的不多，像拣选一个好脸蛋好身条的演员。石头要有面子，有面子才能画，若没有面子全是棱角，那在哪里画？且石头还要有好形，立得住。有的石头隐着纹络，很有点意思，像山像月的，像牛像猫的，他更喜欢。有的是青石，有的是沙石。有的是天上掉的，有的是火山里喷的，来路不一样，硬度光滑度不一样。他选的时候特注意，有的背回去了用不成，白下力。沙石是不大要的，吸水又不光，不过有的打磨了还可以用。那种极硬又白又粉的，也不成，因极硬，没有被水磨个脸面出来，坑洼多，又挂不住颜色，画成了，被风吹干，手一摸，颜色就掉了，那不白下功夫吗。

顾左右朝远处一看，河里就他和狗。沈十五磨亮了眼看脚下滩里的石，狗却不明事理，嗅嗅这嗅嗅那，在石里跳，在花草里跳，有时就没了影子，有时又倏忽出来。花草里有虫子，包括蟋蟀蚂蚱，还有一种长尾的细虫，像小火车。狗狗对小火车很惊讶，就仔细研究了还是不明白，它就刨来刨去地看。它不吃那种小虫子，就是想明白那种东西为什么不和它长得一样，有尾巴有耳朵。虽脚步跟着它走，但眼睛却还是在细究。那虫子钻进一颗大石头下了，它翻石头，石头纹丝不动，它有点急，虫子终不见了。再见，那个小火车。

狗的注意力永远在石头间花草里，而沈十五也对石头正入神。那些石头他看过的，现在还要看，像看最后一遍，可下次来时，也像最后一次。他每次都能再拣到中意的石头。不远处的路上行车，他似看不见，右侧边的山上是茂密的林子，林子里间或下来鸟鸣，他也似听不见。他是全神贯注于他的石头了。这时从林子里兀然冒出一个男人，站在高处朝下看，戴着宽檐帽，一脸的黑须，像个野人，他喊，"寻啥哩?"沈十五听到了，故意慢慢抬头，朝上答，"金子，已经找到五六斤了。"野人哈哈笑起来，知道是趣言，说，"对了吧，你好好找。"又没入林子里不见了。沈十五知道那是采药人，他不认识，可他曾见过几次，神出鬼没的，背上是竹篓，腰里是铁壶。壶里是水还是酒，沈十五觉得是水。沈十五还约略知道那人和他奶奶过活，野人的奶奶已经很大岁数了。

终于找了七八个能用的，沈十五背得动。他又前行着回，狗这个缠腿的东西，又在他的前后窜。沈十五哼哼起来，一直到家里。

门口已有两个人，一男一女。是从州城里来的，在等沈十五。正是落照余晖，门口树的一面也惹得金黄了。男女是一对，男的年纪大，女的是剧团的演员。二人等得工夫大了，女的就蹦着跳起要摘树叶，可就是差一点，于是她继续蹦。剧团的女人有不好看的吗?这女人又在剧团唱过《屠夫状元》里的党凤英，当然不是一般角色。这时女人在空里一个缥缈闪现，就似一段弧在空里，斜斜的像条鱼。在蹦第八下时，沈十五背着石头立在了面前。她笑了，手把腰一扶，说，"吆，差点闪了。"

沈十五彩绘石头，这女人知道了，看了一回，就常来。她说要把沈十五绘在石头上的女人样引到戏里来。这样一而再再而三地来，和沈十五成了朋友。她名字叫全鸽，她父亲曾在州城里做过几年编剧，后来进西安城了，她不去，就留在州城。全鸽天生丽质，其眉眼脸蛋放在州城里，引不来几千男人的眼睛，算我瞎说。她的身段又是一绝，因是剧团的，早年苦练过腰身，到三十多了，还那么如一句捉摸不定的诗，或者就如一声婉约的戏音凝在了腿上。有人传言，说全鸽在州城里绝对是前五的美女。州城美女的标准大约是从她们几个身上总结出来的。总有一些男人操心美女的七长八短，这虽是瞎操心，可也给男人们带来无量乐趣。荷尔蒙专爱搞那种貌似污浊，可最显动物世界本质的事。全鸽和沈十五成了朋友，常来看单身的沈十五画的石头，因此这事也有点危险。于是，被全鸽男人知道后，每次来，全鸽身后就有个男人。这男人比全鸽大十几岁，原来是州城一家私企的老板，后来企业垮了，他把车开上跑郑州，几次跑得变了样，交了一个似瓮的郑州朋友，回来贩字画，也还好，不忙，收入也不错。据说他为了娶全鸽，把家搞散了，那时他像个狮子，一意要把州城里最美的女人搞到手，是有钱在腰包里作怪。家里有了好东西自然操心，全鸽去哪儿不去哪儿，他表面冰冷着不漏半点风儿，可眼神尖着和鹰犬一样，总担心全鸽这样的尤物落入他人嘴里。我不知道这样的日子怎么过，可他们依然平静着过，无风浪无绯闻，像闹市里的一炷香。

沈十五家的狗也认识了全鸽，向她摇尾。

沈十五是三间房，敞院子，没有院门反眼宽。和他邻的是一个小庙，废弃多年了，早没有了庙的作用，只是未坍圮。看来也不曾辉煌过，留在那里，又是村的边角上，又和沈十五是邻居，如同村庄丢弃的一枚标点似的。沈十五房不是水泥打的平房，是木头做的，面南。一间他住，一间是厅堂，一间是石头居室，看似井然，厅堂里没有过多的东西，三格柜上立了一方镜框，框里是他父母的合照。四壁上没有什么，唯有左右两枚钉子挂什么的，可还没有挂，像沈十五一直在想着，挂什么呢？没有决断。钉子有些大，是那种过去铁匠打的方钉，钉帽也是方的。居室里也没有可看的，一张床，枕头边是书，临床的窗台上立着是他在石头上绘的一个美女，美女似笑非笑，眉眼也模糊，可髋部宽得仿佛挂着一个蒲篮，这倒使女人有了别样味道。

盛石头的那间，简直挤满了女人，大大小小，石头上是各色各样的旦角。窗帘是紧拉的，从外面看不进来，进去只能拉灯看。全鸽看了无数次了，她还要看。这次是她一一指给自己的男人看，甩袖的，走台步的，蹲着的，翻跟头的，遮目示娇的，眉目传情的，表怒的，怀柔的，温静的，仇怨的，喜悦的。

全鸽男人进去先惊了。

这些旦角，不是虚空的，沈十五知道每个石头都是秦腔名旦角。有谢世的，有健在的，各具情态。全鸽给他的男人指着说：“有肖若兰、肖玉玲、马兰鱼、郭明霞、马友仙、全巧明、李爱琴、窦凤琴、刘茹慧、李淑芳、李梅、李娟、惠敏莉、任小蕾、商芳会、侯红琴、康亚婵、李君梅、武红霞等。”沈十五拉开一边窗帘，一下子一半在夕照里，一半没有见光。那个酷似肖窦凤琴的，眉眼闪动了一下，全鸽近前去看，又没有，这使她浑身一个悚然。

沈十五要给他们做饭，全鸽和男人坚决不让他动烟火麻烦，说一起去镇上吃。沈十五说，"要在这里吃，也是糊汤酸菜，我把红苕疙瘩切大点，美得很。"全鸽男人笑了。这男人一直板着脸，这时笑了。正要锁门走时，邻村的周天门来了，就一起去。到庙门口，突然从庙里惊慌奔出来一只兔子。男人们受得了这个惊，全鸽就受不了，像一颗飞溅的水花，声起身塌，撞倒在沈十五怀里，沈十五抱了个满，又赶紧扶正这一团胶似的身子，说，"哎呀，这有啥可怕的，快快快，看把脚崴了。"他把全鸽送到她男人怀里。

十二

　　尚迎香也到沈十五那里去过，后来我才知道，尚迎香是全鸽的表妹。看鼻子看嘴，两人真有点像。

　　周天门的半个房子遮在荫凉里，他房子的一边是棵柿树。秋天柿子红了，站在房上就能把半个树上的柿子摘了。这是两间老房子，新房子有两院子，两个儿子都住着。本来他和老二儿子住，可老二儿子在西安、江西打工时引回来一个江西媳妇，就住不到一块了。周天门已经七十了，是州城剧团退休的，一辈子离不开戏，就好那一口，就是退了在家，家里一天到晚也是戏在吵闹，江西儿媳妇哪里能听来这些秦音秦响的，就要在州城里租房子住。周天门这才知道是他的原因，把旧房子收拾了，抹了泥，不漏雨，就和老婆搬过来住了。分了家搬开住，家里安闲了，彼此也不看脸色，各吃各的，各说各的。

　　周天门在剧团不是专业唱戏的，初去是孩子，拉幕跑腿，看来还聪明，又有眼色，就慢慢帮厨，又学了几年弦索，唱过几回小角色，没主演过一回角。在剧团一辈子，像被戏惹下了，害了戏病，好不了，他说，"让戏把我淹死了算了。"说这时，他像幸福得立马要去死，且就死在戏里。退休后，他的家里一天也没静悄过，老是把放音的东西放到最大，这是他从西安买的，从老远过的人都能听到。戏是秦腔眉户，有时也有州城演红的《屠夫状元》《六斤县长》等。院门快要塌了，他不管，黑天白天都不关，声就从敞了的那个口里散出去，能想象得到那声出来是个喇叭形，把门前的路，路下的州河也撒满了。站在他家门口的高处，看到州河在这里恰弯作一个半圆，白的是水，绿的是岸。从绿里偶尔也能看出人似小点子动作于沙滩，只有羊在绿里动时很明显。

周天门家的门口有不少石头，专让人坐的。坐了听戏，这里听戏不掏钱，随便听。周天门有的是退休金，就大方，常给门口石上置一茶壶，放一堆纸杯，随便喝。

周天门屋里没少过人，从来都挽疙瘩①的热闹。沈十五就常来，两人不远，又都好戏。几个村里喜欢戏的孩子们也来，来了周天门义务教。门前树下为啥石头多，就是给来学戏的人坐的。旁边一颗大石头，是周天门坐的，学戏坐的石头围个半圆。全鸽称是周天门的学生，可周天门从没收过她，只给全鸽点拨了几次。全鸽也来这里，一是探视周天门，二是为了吃吃周天门老婆做的搅团或糊汤面。周天门曾和全鸽父亲在州城里是好朋友，二人过去七十年代一次从西安回州城的时候，不是直接下的高速路，而

---

① 挽疙瘩：打结的意思，形容人多到屋里堵塞。

是弯弯绕绕的路。半途遇到车坏，又是坏天气，飘子子雪①，实在没办法，不能饿死在秦岭上啊，就相约从秦岭山里朝回走，到底回来了，二人路上聊了一天一夜，竟成了患难的朋友。到州城里后，就三天一聚两天一喝的。到全鸽被招到剧团后，周天门才知道全鸽竟是他的那个朋友的女儿。周天门在剧团把全鸽视作己出，全鸽也是呼周天门为叔叔。

周天门退休前，在州城，尤其在剧团，是末路角色。哪里有他扬摆的时候，可待他退休后，也因为戏，他竟大了名。州河上下知道他的不少，有的为了让娃在戏上有点出息，就把娃按在他的名下让教。周天门本是剧团的人，有时就把剧团的一些演员请来给娃们上课。说是上课，也简单，不大像坐教室的那种，而是让娃们在门口树下坐成一个圈，周天门和邀来的演员二人串着演一出戏，娃们看了，他们再相互说教。他老婆评价周天门在自己门口演戏，也放了个开，啥角儿都能演，比他没退休在剧团时更有出息。邀来的演员没有报酬，也不要报酬，纯粹是看周天门的面，上完课，周天门老婆擀一碗面，或者蒸一锅红薯，走时又带点土特产，算是报答酬谢。都说周天门有个好老婆。

到底周天门的老婆好不好，牙也有咬舌头的时候。只是周天门老婆实在计较不清自己的这个男人把戏当了命，她作为老婆只有随着他，不能和他置气。周天门老婆在周天门一开始退休的几

---

① 子子雪：方言，形容毛毛雨一样的雪。

年里，没少争持。常常不是把碗瓢摔了，就是周天门把老婆气得去妹家住，让周天门一个人在家里戳锅撂灶。老婆走了，周天门为了招待客人，就买了两袋面全压作面条在院里挂出来，面条干了在屋里摆得到处都是，来了人就下面，并不耽搁事情，也不失礼。在老婆和他一次的战斗里，那次算是较为著名的战斗。老婆决计不和他过了，把大黑锅端起来冲出门从高处朝州河里撂下去，门口场边那里正好陷作崖状，下去是州河，锅从上面滚下，咕琅琅从滩里石头上滚过，把河滩里几个孩子吓着了，直看着滚到水里。两条狗正在河滩里窜玩，也被黑锅惊了，追过去，锅入了水，狗看了一顿稀奇罢了。只是锅从上到下的一路破响，持续了十几分钟，停又停不下，入得河里差不多是五六片了。

自那次后，周天门两口子再没有冲突过。老婆是看明白了，戏比她重要，周天门一月还有几千块的退休金，她作为老婆要好好伺候着，让他顺心多活，多活一年就要多给家里拿回来一年钱。这个账她心里早算明白了，没了男人，不仅是钱没了，她的日子就像河断了流，咋撑到底，她实在没有章法可言。她明白了，家里就有了主次，也和谐多了。周天门要她做啥她做啥，要她怎么做她就怎么做，以后来人受到周天门老婆的热情款待，都说没见过这么贤惠的老婆，是周天门上辈子修来的。周天门把黑锅滚州河的故事一直埋在心里，给谁也不提。

今日都来了，沈十五、全鸽两口子、尚迎香两口子，还有四五个学戏的娃。周天门又是安排糊汤面，周天门老婆就做糊汤面。

面是尚迎香擀了一大案子，周天门老婆烧锅，全鸽被打发到门口一片地里掐了一把葱回来。浆水菜是现成的，潘达仁专门点着要吃浆水，沈十五说随便，他是常吃浆水菜的。尚迎香擀了面，周天门老婆切面。周天门老婆切面是刀随着擀杖走，擀杖在面上退一步，刀就进一步，哧哧地切，切面人弓腰身，右手就拿刀像拉长了从空里划，面在擀杖下一根一根细如丝。全鸽一边看着发痴，说她几次在家里也是这样切面，就是刀不听话，擀杖也犟得不听话，切的面宽得像裤带。这种切法叫犟面。

糊汤面是在苞谷糁稀饭里下面。稀饭已经熬好了，就等面。面犟好了，周天门老婆赶紧下。葱花又用焦油炝了，给糊汤面里调和的。满满一大锅，桌子上早备了一盘油泼辣子。饭好，周天门在门口一声起，开饭了。像是回到了生产队时候，集体劳动了一起吃饭。稀稠刚好，浆水味道又突出，是这帮人最喜吃的。于是就一碗一碗又一碗，沈十五吃了三碗，全鸽也吃了两碗，尚迎香说不敢加饭，可嘴里说着，又去盛了一碗，差不多和三碗一样了，摸着肚子言说这是害她么。全鸽劝表妹说，"没事，你又不胖。"全鸽就伸手去捏表妹的腰，尚迎香端着碗笑着跑。周天门说，"这饭没油水，尽管咥，没事的。"潘达仁到底年轻，吃了两碗，又讨了一个馍在灶窝火上烤了夹着油葱花，也是吃得鼓腹满意。全鸽男人不爱吃这样的饭，吃了一碗就嚷着饱了。几个孩子也是吃得满头冒热气，仿佛插了电的小热锅。锅里被一顿抢槽般的吃法搞完了，到周天门那里，只吃了半碗。

在饭前的上课时，全鸽演了梁秋燕，周天门演了梁老大。饭饱了，沈十五说，"周老师刚才那个梁老大好，气势足，能把秋燕一口吃了似的，就要那个气势。"假装脱鞋要打的表演又真脱了鞋，光脚在土地上跑。周天门笑起来。

我知道那段戏，也会唱那段。是：

刘大伯，张大妈

挤眉弄眼说闲话

叫人越听气越大

把粮食叫你白糟蹋

秋燕如今这么大

把娃惯的不像啥

说什么开会学文化

东跑西跑不在家

由她嘴说想咋就咋

难道不怕人笑话

她和春生常谈话

不知道叽叽咕咕说啥家

今天地里又碰见她

又和春生嘻嘻哈哈

这就是你生的好乖娃

老年人说你没家法

你把喔贼女子给我打

再不许出门关在家

　　沈十五对这一段唱很赞赏，尤其是里面掺用的陕西方言。他又像模像样地唱了一遍，把"把娃惯的不像啥""想咋就咋""叽叽咕咕说啥家"几句唱得更是重，让尚迎香觉得他是把方言咬碎了。

　　吃饭时房上已上去了两只母鸡。周天门家的母鸡，听周天门老婆说，是一群游门子的驴友。五六只母鸡，一个公鸡，母鸡却是首领，公鸡是跟着转悠的。母鸡早上领导着一出门，到近落日时才回来，不知访问到哪里去了，又吃了什么。方圆几里任它们窜访。母鸡威风啊，看门守院，若有外来的人，母鸡就飞起袭击，沈十五几次带来的狗就被母鸡们围攻，吓得蹲在远处坡顶上。这时房上两只母鸡在瓦槽里寻吃的，也像没事般四顾。今日它们访问才回来，除房上两只，其余公鸡和母鸡在屋后。

十三

给男娃剃头是过去一项手艺。现在都不剃了，娃嫌疼。在六七十年代时，不论谁，走进村里，迎面都会跑来几个头剃得发亮的男娃。这些光头是后代，也是追得满村猪鸡鸭狗乱跑的希望兼坏蛋。这些光头都是以后清明节担着面担子，举着纸幡给死了的祖父祭坟的人。光头只顾跑，不看脚下，常就栽了跤，磕破了头流血，用细土面子按在伤上几天就好，不用包扎。这些光头们要不了几年就是一个个劳力，下地干活上山砍柴都行，能把书念成的少。

乔里村有个剃头匠，叫廉江山。八十多了，还活着，现在还剃头。剃了一辈子，像从没剃够过。当然现在前去剃头的都是老年人，两块钱，热水泡了，坐在独坐凳子上，身上围了脏兮兮的布，磨刀时把剃头刀子在蹭布上噌噌几下，磨罢刀子就在头上动。剃头是从头顶开始的，一圈一圈朝下转，那亮就一圈圈扩大。廉江山这老头已脱完了牙，嘴就窝着，又是满脸满脖的松皮褶子，人虽白，可褶子里总有星星点点的黑，擦不掉，是长在肉里的。眼睛还不浑浊，能看清头发是头发，眉毛是眉毛。他剃一刀吹一口气，把剃倒的发吹下去。风在那片亮了的顶上，被剃头的能感觉来一口一个凉。头剃完了，也被廉江山的嘴把头吹凉了。两块钱交讫，剃头算完。老年人好剃头，是因为皮厚肤糙，疼不怕了。也因为剃头便宜，谁都不会为了把头发去掉而花好几块近十块，日子不是这样浪费的。儿童剃头，虽也便宜，可疼使他们受不了，要大人压住像杀猪，嚎嚎不止，有的还挣扎着骂剃头的。廉江山是脾气好的老者，对儿童这样的骂一点也不恼，像是享受儿童骂似的，只是笑模嘻嘻地剃，剃完了，就摸着光头问，"还骂吗？你个小东西，将来是将军，打仗去，啊，呵呵呵。"

剃头匠廉江山，别看八十余的人了，头顶上脱了毛，耳朵以下是一圈白毛留守，像极山腰飘荡的白云。他有一样是上下人都惊奇的，就是他这般年纪了，身体还轻如燕。他的房前有个场子，他在场子里的两棵树间绳绑了一根棒子练单杠。他从年轻时就玩单杠，到八十多了还玩，猴子一样每天在杠上玩，又玩得像是杠上开花，有时棒子上吊两根绳，当作秋千。这个老头的这一样，州河上下都知道，当他七十岁后有人专门撵来看他如何玩单杠。

我就见过一次。是我找他们村的会计，路过廉江山门口，恰见他在杠上。

廉江山玩单杠时是吃了一锅旱烟，空腹，再把垂须用红线缠在颈上，单了衣裤，再一个弹蛙跃起，人就胶缠在杠上了。只见他一口气先转几十个花子，再单腿吊着，身子垂作一根面，又是单臂作用，换几次姿势，臂细似藤，却并不担心他会掉下来。单臂在杠上时，他的脚腿在空里绞作花，五脚趾叉开，故意还呼作惊恐万状，使周围看得以为要掉了，要栽了，替他担惊受怕时，他便把一身老骨老肉轻放在了地上，像一片落叶，又像一篇极浅淡的短文完成在桌案上。这个廉江山啊。

村里像他这样好锻炼的老人不少，但玩单杠的只有他。有走路的，从早上到黄昏，只是走，不停。有在河滩里抱石头的，从一个地方抱到另一个地方，待次日，又从那个地方抱回这个地方，天天如是。他们从不生病，一身肌肉疙瘩。还有爬山的，手里提着拐杖和草鞋，肩上背着锅盔和一壶水，早入山去，把裤脚趟得湿透了，在山里像兽般走，大呼小叫地走，练了腿脚又阔了肺，分明是老者，却健步如飞。山里的兔子认识他，山里的鹿认识他，山里的狼认识他，认识的都是朋友，见了他都遁去，他不招惹它们，它们也是礼宾一样安然目送。

廉江山不管人家怎样，他坚持说这样固本培元。在老婆走了后，他托人给他找婆娘，可终无合适的，他还要找。他的固本培元就是要在那里用的。

廉江山的单杠秋千，自己不用时也难得被空着。奇怪的是，邻家的大尾黄狗看廉江山样子也会了，就常坐在秋千上摇，眯眼了享受，吃了就坐上去，来了生人也不嚷嚷着履职，只有家里一声来吃，那是有吃食了，它就奔去，它离去了秋千在那里空荡。有时猫也看狗的样子坐一会儿。鸡是学不会的，只站到单杠上独立了昂首，俯视地下作将军样。

从村子一边，踏石阶就能到州河里。下去路口处一棵古槐，太老了，就成了神，身上绑了不少红绸布。从河里上来的人，喘气就坐在树下歇歇，才慢慢回去。河里水是不做饭不饮用的，担上来是浇房前屋后的菜，水担得摇摇摆摆，水花子就在石阶上一绺绺。担水的多是男人，也有女人担的。女人担水毕竟力欠，虽只担半桶，腰软了如风里的兰，看着那软得要折的样子，终不得折，其实是极韧的腰，能顶千斤。饮用的水是在临河不远处有个泉眼，泉眼那儿修个方池，家家早上起来，用桶提，一桶两桶。这水不用烧开便能喝。最后一个提水的，走开时把木盖盖上，木盖上拴着铁链子，怕被谁偷去了。木盖上都长了苔，阴雨天就绿，像缝上去的一层绿。槐树的阴凉就在泉眼那里，即使暑天大热时，这里也一片凉。

离泉池住的最近是廉江山的小侄子，这小侄子近日给儿子筹划结婚，今天就框了几个人，邀到家里说事。人都到了，有娃他两个舅，一个本家伯，再是村里常说事的书记。这家儿子在外打工，和外面一个女子谈了对象，不久就怀孕了。这也不奇。对方家里催着结婚，男方家里却经济紧张，迟迟没话，眼看着女娃显怀了，不能再拖了，再拖两家都难堪，今天才正式说这事。本来女家在婚姻上占主动，但先怀了孕，这事就得逆着看，一切与男家有利了。一怀孕，女家舌头立马软了，多半怕丢人，催逼着结婚，再不苛刻人家了，落得安然体面。时间不容迟疑，一切从简，人家也不大张口了。可廉江山这个侄子就得势不饶人，把啥都要免，想干指头蘸了盐①。娃他两个舅就说贵贱使不得，我们要走理。书记不好说啥，心里也觉得一点不出水也不合适，村里还没有这样的人。

正说着，廉江山提着旱烟锅子来了。他不知小侄子屋里在说啥，进门就问说啥了。看这架势，娃他舅就说了，廉江山知道后就一口气地说，"使不得，使不得，我们家要走礼性，不敢让人笑话。"桌子上摆着一盒烟，磨砂猴。几个人开始筹划该准备的，说至少要向女方家里征求意见，看人家有啥要求，备点礼钱，再看人家的礼性。可廉江山这小侄子只是咬着牙说没有多余钱，能将就就将就，走个过程，结了婚，孙子就在炕上了。他低头支支吾吾地在地上用细棍子画，几个人都说这样太使不得了。时间熬了快一个小时，廉江山不忍了，就起来要走，说自己侄子不讲理，不走理。待廉江山侄子的一句话，"我没有钱，他家女子不能把娃生到娘家炕上吧。"这话一出，廉江山受不了啦，出得门去，朝侄子破口大骂，还唾了一口道，"这不要脸的话也说得出？你是儿子，若是女子呢？你咋想？起码礼性都没有了，你是猪狗？没钱了去借，水娃子——村支书，不要说了，等他借来钱再说。"廉江山愤怒着走了，屋里一片寂静。

廉江山这个小侄子前半生是个不走正路的人，后半生虽然收了点心，可有时也是没规矩惯了，今日就遭了叔父廉江山的骂。

---

① 干指头蘸了盐：方言，形容不劳而获。

廉江山本来素日里平和如泥，见啥啥亲，他从小侄子那里出来，半途碰到邻家的大尾黄狗，不知哪来的火气，用拐杖就给了黄狗一下，狗汪地跑了。

黄狗受了一疼，远去后大概会愤愤去想，这脸软心慈的老者今天是怎么啦？

十四

　　婚姻从来都是大事，州河上下的人也看重。在生活里，婚姻大事占了多半。人一辈子都在婚姻框子里出入、沉没、灿烂、绽放。

　　廉江山那天从河里提着壶刚到家时，他老家黑龙口那里的消息来了，他的一个侄孙女嫁到州城里了，五月初十出嫁，就是明天。不是河滩里都是沙子石头，也有不大的一些地，片子大的地有几张席，片张小的地，一张席那般大，种啥都行。廉江山就在河里拾了一片地，种韭菜蒜苗葱或者茄子豆角，年年如是。不过河滩拾得的沙地，今年有，明年不一定有，到夏秋河水涨了，要发几次洪，吹了也就吹了，谁也没办法，来年只得再在河滩里找。今年的或许没有去年的大，或许还比去年的大，实在没有一定，年年都能拾得。廉江山今年拾得的地就比去年的大点，至少有三张席大。他的蒜苗葱长得很茂盛，原因是他住得近，每天早上都提了壶浇水。他有的是时间，根本不用急匆匆地做事走路。河水就在面前，他觉得河水不疾不徐，他也用不着赶时间过日子。凡在不雨不雪的每天早上，只要廉江山还活着，从州河两边的高处俯瞰，总能看到一个精瘦老者，身手轻省着在河里拎了个圆东西绕一片长得青葱的地转，那就是廉江山。河里的清气带着水的润，在廉江山的鼻子里旋跃。

廉江山小时在黑龙口的山里出生，有弟兄四个，廉关山，廉河山，廉寿山，廉江山。在他三四岁时，父亲病死了，他母亲把他和三哥廉寿山二人带到州河下游的这里改嫁了，他就成了这里的人。现在和他同辈的只有他一人，三个哥哥均谢世不在了。

嫁女都是从山里朝川道里嫁，川道里的又朝州城里嫁。人往高处走水往低处流，这是规律。黑龙口的女子能嫁到城里那是上辈子修来的福。捎口信的人说，明天来个小车接廉江山，他是唯一的一个爷，不可慢待，一定要接去坐上席的。到了早上十点多，果然来了一个黑亮的小车，从公路上直开到村里，就在州河边上停着。穿了短袖的两个人急急到廉江山家里跑，其中一个是廉江山的侄孙。侄孙见了廉江山就叫四爷，四爷见了孙子眼里先是一闪，就让孙子和司机坐了。他把一件新上衣换上，黑色的夹克外套。孙子给他捉了袖子，他伸进去胳膊，孙子又给他扣了脖子下扣子说，"嘹得很。"他就笑了。孙子又把他头上炸起的几根发捋顺了。

廉江山虽然居住地离州城不远，可由于年纪大了，一年也进不了一次。去年是在村里一个年轻媳妇的招呼下去了一次城里，买了两袋子洗衣粉，称了一捆子红薯粉条，还在农贸市场那里丢了几十块钱，喜的是逛了城，愤的是丢了钱。两相抵消，他那次喜忧各半，过几天也就心里扫了一样，痕迹全无。这次进城吃席，是自己侄孙女的喜宴，他还坐的是黑亮小车，实在是人生里一次耀眼灿烂的事。他平日从河堤上走，和这次坐车透过玻璃看的州河，是不一样的感觉，是恍惚里的州河，也是隔着玻璃的州河。那个司机是光头，在四爷眼前晃，四爷眼晕。

路上四爷问车上的侄孙，"白妞的女婿是当官的干部？"白妞是四爷侄孙女的小名，他把每个孙子辈的名字都记得清楚。侄孙说，"不是。"四爷又问，"那是做生意的？有钱吗？"在四爷窑洞壳般的心里，娃们当官是大出息，其次则是做生意挣了大钱，再次之则是有一个工作，好歹人前人后还能显贵几分。第二问是光头司机答的，"不是。"对四爷的问题，他们两个前面坐的压根也不想多言一个字给他。这两个问排除了，四爷还没有答案，他心里多半以为这个白妞是嫁错了人，以后吃苦是铁定了的。四爷再问，非要讨个明白不可似的，问，"那是干啥的？"侄孙说，"炉头。"

炉头即厨师，是"头儿"，那就是厨师里领班的，或者是厨师长之类。四爷对炉头不解，又想追问，司机说，"他包了一个公司食堂，做老板。"白妞的女婿真是某个公司食堂的炉头，已经做了多年厨师了，挣了钱，也养了肉。凡炉头属精瘦型骨人的，那准是不成功的厨师，让天下疑惑。炒瓢就在手上，瘦得了吗。四爷对老板是不反对的，反很有好感，就立马认可了。也在心里画出了白妞女婿的样子，墩子般的胖子。可其实，白妞女婿是个高大黑瘦的男人，钱有多少，根本看不出来，私家车是三十万的。

州城的高档酒店。四爷进到这里有点懵，他环顾起来。我坐在一角桌上，他发现了，向我笑着。他问我，"你来了？"我说，"哦。"向他还一个笑。他和我认识，他说，"你喝水。"我说，"我喝着，你不管。"

四爷是爷辈里唯一在世的，当然尊为首座。他满目的儿孙，人众如蚁，满耳轰轰，四爷实在觉得这里和汽车站差不多。借这里的酒，儿孙们见了本门里的最老者，就纷纷敬酒让四爷吃，四爷不是场面上的人，不会拒，只是伸手接了就倒进嘴里。一会儿便脸黄了，又咳嗽了几下，继续接孙辈排队前来的敬酒。十几杯酒下去，四爷的笑也僵硬起来，眼神像个瓷碗，手也止不住地抖。

婚宴才过半，依序敬酒过了，先娘家席，再婆家席。在四爷没有吃酒时他的侄孙女已经叫过他了，他心里高兴地端起了这个侄孙女的酒。这个侄孙女是家族里嘴最甜的，又好笑脸，四爷笑呵呵的，不知怎样说。那个黑高如火棍的女婿，四爷不怎么看上眼。

敬酒继续，四爷继续，婚宴继续。旁边一个五十多岁的男人见这敬酒队伍，就说，"你们这是日塌①老汉吧？"话刚落点，像一根烟灰，从空里塌下来在脚面上，四爷就实现了被日塌的预言。他一个转圈，就势倒在了地上，不省人事。一圈人顿时慌了一团，扶的扶，喊的喊，跑走的跑走去喊人，不知如何是好。那个男人

---

①　日塌：陕西话中指搞砸或糟蹋。

手摸了四爷的鼻子，说，"没气了。"这话如炸雷，喜事一下子落在丧事里，几个人的共识是，赶紧往回翻拢。往回抬，还有啥说的？

四爷廉江山没有死。

他虽没了气息，可他依然脑内清晰，能听到大家乱作一团，嚷着抬他回去。他是一时觉得极沉，要歇一会儿，就把持不住，想躺下来歇歇。可这个歇，灵魂却飞跑了，留着他的肉身在这里。他感觉身子极轻了，轻得像一片羽，就朝高处而去。他见了云，云里是一个极大的云世界，这世界也像极了他的州河。云是一疙瘩一疙瘩的石头，石头世界里有不少人。一忽儿又是一个山头，山头上一堆人，衣袖是云彩做的，嬉笑着脸，脸大而光，红光满面，春风十里，那是接他的。他在这个山头，一堆人把他的身子掀起，让他在空里飘。他看到这个世界里日子和州河日了一样，有菜园子，也有鸡鸭鱼，还有推磨子担水的人。他太乏了，想睁开眼和那些和他的侄孙女差不多的仙女说话，可眼难开，沉得像铁，嘴也无力张开，他就把微笑给这些孩子们。有楼阁，有戏音，有须髯者，也有牛马。

他是在炕上被吵醒的，他的侄子头上缠着白在哭他，他就醒了。他说，"我是去了哪里？知不道地方。我刚要下到河里，河里荡着翻滚的云，不是水，也是石阶路，我要下去，被你的哭声吵醒了。身子轻得没有了一样，飘呀飘，美死了。死了是最美的，是舒服得没有了。"

四爷倒了后，婚宴一时间停在空里似的，呼喊四起，组织的四五个人赶紧把四爷抬到车里，拉回去准备治丧。待车走了后，婚宴的喜气也把多半泄跑了，水过筛子了一样。

四爷死了又活了的事，一下子传开了。四爷死过后，曾给人说，死是美死的。这经历只有他有，他怎样说，人只有信。又活了后，以后的日子还有多长，他心里没底，他只是玩他的单杠，也剃头，还浇他河滩地里的葱和韭菜。

十五

州河滩里长的草多了，水苣菜，车前草，野草莓，白蒿，臭水蒿，鹈子窝，大刺花，刺芥，酱婆婆。这些都是喜水的，靠着水长。水苣菜能吃，叶子长，采回去热水里拉一下，就能凉调了吃。车前草就是猪耳朵，真像猪耳朵样，宽，还极英绿。页面上有一道道细纹，是猪草，它长得的花却是淡黄的棒槌样，花籽便是车前子，也入药。

野草莓是在草丛里凑热闹的，到时候叶上顶起几枚极红的果实，在草丛里鲜亮着，像是给寻猪草的孩子们办的伙食，不用洗，掐了就送嘴里滋润舌头。野草莓小，红一丛，甜一丛，哪里有这东西，孩子们都知道，常去拜访它，填嘴巴。

白蒿也是水边滩上常有的，春夏的州河滩里密密喳喳，没一点空隙，都要长草长花。白蒿学名茵陈，初生时贴地长，等高起来后，一根树枝周围绣一圈细针似的叶子，发白了，趁嫩时采回去蒸了做焖饭吃，防治肝病，也退黄疸。到处药房里有，因常见而不贵。大人小孩都知道，白蒿有此大用，因此对白蒿也尊敬。一般不给猪吃，只有老的才扔猪槽里。臭水蒿也是攥水长的，这东西别看长得高，也青葱体面，叶子是多边形，一层一层上去，从草丛里高出来，可它臭，谁动了它，它就开始释放臭味儿，手抓了，手要臭好大一会儿，洗也洗不掉，这草就没人动，牛羊都不吃，它反落得安全自在。别的草被采了，被吃了，可它独立着。到了秋季入冬时，就被老人们下到州河里拔掉，老人们早就瞧上它了，拿回来烧炕，它因为臭也唯有烧炕。

鹨子窝这种草长得猥琐，也是一丛，叶子小圆，叶梢发红，叶子挤在一起像铺了一个窝，软和着，像是给鹨子（商州把雀儿叫鹨子）结构了下蛋的窝。自然里也有贤惠如婆娘的东西，我以为这个鹨子窝草就是一例。那草要是被孩子采，一把一窝，石头间就是，很好把草笼子搞满，猪也喜吃。

大刺花长蔓，极长的蔓要有几尺，拉起一蔓，就能收了很长的一条。它是爬在河滩里的，没骨。叶子心形，两个季节里都长得好嫩，是猪羊的好餐。它也开粉的或白的红的花，蔓长，花就随着蔓开，也开成蔓形。如果有蝶有蜂，从一朵花始去访问，那就是坐火车般的过去了。花是朝上的喇叭口，我在小时总担心大刺花的花在下雨时，灌满了怎么办，花是顶不住的，可我没见一朵大刺花被雨水压倒。见的是雨后初霁，大刺花的喇叭口边上挂着水珠，脚撞到了水珠才落，花被雨水洗浣后更见其娇羞惊艳。我的担心终是多余，每个大刺花都很好。

刺芥是能吃的菜，困难时吃刺芥算是有福的。刺芥无毒，只是叶子边上有刺，不易拔得，刺虽不大，足以抵挡那些多嘴的小东西。人拔了它回去窝浆水，热水里一焯，握干了放到浆水瓮里，次日便酸。羊在河滩里碰到刺芥是不敢把嘴靠近的，怕刺。

酱婆婆草是猪们最喜欢的草。叶大又厚实，拔断了就流浓稠的奶白汁液，汁液发苦，那汁液一定很营养，猪似乎认识这种酱婆婆草，见了就抢，大嘴狂吞。时常疑问它们尝不到苦吗？

一个门里出来一个娃，一个圈里出来三只羊。一个娃三只羊从村巷里一过，几个门里的娃就纷纷出来了，他们像憋久了的萤火虫，都随着羊下河里了。羊吃草，他们在河滩里玩。今日周末，学校已经被他们丢远了。刚过一个窗口，窗口里探出来一个蓬乱的妇女头，是一个娃的母亲，窗口里说，回来早点。

州河南边山里深奥，北边则浅，北边稍来几步就到了渭南。这南边山是接秦岭的，虽为秦岭余脉，可余脉也是大得无比，丘陵处的人来，仰头环视，就"我的爷呀"，是叹山之大，沟之深。

南边山里树多，愈深处树愈大，千样万样的树，能叫上名字的，叫不上名字的，都在插空生长。树占空，草则垄地，互邻又互敌。树把光占尽了，草就要寻隙觅光，常把草欺负得纤细宛若林黛玉。树杂处，草丛拥。这山林里，长一种依靠树上去的藤，叫腰蔓。这是绝对的木本，可就是没骨，长在大树旁，也傍树上去争光。腰蔓有细的有粗的，粗蔓傍大树，没树的地方也没有腰蔓。腰蔓叶子圆饼阔大，上到树顶的，叶子喜悦得也光亮如洗梳的妖精，放开了长。腰蔓是绕着树体而援上的，把自己的也搞成扭曲的样子，撒娇般紧紧缠树，即使撕也撕不开。它只知道毫无道理地攀附。这腰蔓的生长在林子里其实演绎了一个社会，好像在说，你长你的，我就是不离你，从你身上上去。

曾跟大人过去进过山里割柴的人都有这样的享受经历。腰蔓也有长得奇曲似虬龙的，有的就悬在空里，割柴乏了的人，坐上去作秋千。一人犹可，细的，坐三人四人就危险了，一不慎，正高兴处，垮塌下来，落在草丛里，虽不会伤，可会吓一跳。

腰蔓的最大功用是可以捆绑东西，这是腰蔓在州河上下的集市上、家里出现的原因。腰蔓极韧性，不易断，粗的用不成捆绑，细的则是极好的绳子。过去山里砍柴人常用，带的绳子不够了，割了腰蔓，一样和绳子用。有时候专割些带回来，扎背篓的口沿处，有的捆竹椅子的腿使椅子不至于再松懈下去，有时想不到的地方也有用着它的时候。昔时在集上卖柴的捆子，多是腰蔓捆着，卖了接罢钱直接转身走人，省了解绳的麻烦。

商州人把捆绑叫"腰"，如你把什么腰起来，就是捆起来。如说，你腰松些，就是不要捆得太紧了。这腰的意思就有趣了，腰是人的部位，又在人体之中间，用腰指捆绑，大约是借了腰在中间之意。腰起来就是从中间捆起来的意思，可后来就指捆绑了。两头捆绑了也是腰，如说，腰两道么，就是说要把两头都腰了。用名词动词化，莫小瞧商州文化了。

还有另一个"腰"字，却并不是捆绑之意了，而是作为切的意思。用刀切开就会说腰开，这个腰字是用了腰的中间之意了。如椽长了过不去，就会说，"腰了么，不腰咋进?"就是要从中间锯开的意思。又把名词用作了动词，且准确表达意思切在中间处。

冬天州河的日子也静。在落了雪后，人在家里囚着，面前是火盆，把手搭在火上等年节徐至。州河里就少有人出去，除过几处有木桥的地方，偶有人过桥来往，其他地方则连鹭鸶这样的鸟儿也少。州河上下一致的静谧。冷在州河这里不突兀，落雪反增了不少润和。河两边白了，可水里是不结冰的，清流依然汩汩，远看不白处就是水流。在深冬时，路上滴水结冰，水边也要有冰，这才像个冬。河与滩衔接的那里就要有一层极晶莹的冰，比水高一点，中午有太阳，冰化了水，到晚间又要结成冰，日复一日。若河滩那里有一湾死水，也要结冰的，均薄冰，光洁极了，光影可鉴。那薄冰千万不敢踏，它负担不了人，有贪玩的故意踏上去，没有不落水的，弄得一身湿。只有站在潭边用石头朝冰面投，石头会从这头滑到那头。有时也会把冰破个洞，石头沉下去，次日冰又补了那个洞。有冰的潭，成了孩子的好玩处。记得有一样草，叶子圆胖，长成一堆似的，专在水边生长，白天冰消了显露出来，晚间又被冰包在里面，它不怕冻，白天从冰里出来尤其嫩绿新鲜，好像打扮看不出年龄的女子。

阳坡里雪消灭后，阴坡里雪还有。到确实春忍不住来得差不多时，阴坡里的雪才不好意思再缠绵于此了。州河上下也就没了一点遮蔽，敞露无遗了，像是被解放的心情。村里出来的人，棉袄穿不住了。小孩子，尤其女孩子都是穿有花子的红袄，穿不住了急着要脱，屋里的母亲就说"别看太阳红，春捂秋冻，脱了看把你感冒了我可不管。"有听母亲话的，也有不听母亲话的。脱了棉袄，红领巾直接缠在秋衣上就跑出去了。

　　州河又是一个春。

十六

　　州河上下的集上都有卖的腊肉，是南山里人拿来卖的。南山里出腊肉，州河边上没有弄那个的。南山是秦岭朝东南慢慢低缓的地方，秦岭像是一嗓子粗音，南山那里是余音在缭绕的情状，离州河至少二三十里。山里和川道里不同，出果子，出野菜，出腊肉，也出硬柴。南山里人来到州河上下的集上就是卖他们那些东西，虽不值钱，可一年换点油盐酱醋钱是可以的，也算靠山吃山靠水吃水。

　　腊肉在集上摆一片，黄灿着诱人，还有烟熏味儿。有问价的，有拎起来看的，有的还凑到鼻子上闻。人多是喜肉的动物，对这样的逗弄胃口的东西没有不动心的，即使口袋里紧，也要买几斤拎回去，不做得罪口舌的事。人活着，图一乐，宠了胃口也不是什么大错。

　　沈十五有个南山里的朋友，家里有腊肉，邀他去。这朋友也是他在集上腊肉摊子上认识的。大前年，快过年时，沈十五在集上采买，走到腊肉那儿，问价闻香，正要买。过来一个混混，身后跟着一条大狗，混混提了一块肉，甩来甩去，故意一个大意了撒手，把肉甩到了尘土里。那狗也是欺负人的东西，见肉没命，叼了就跑。山里人哪里有什么办法，只是哎哎着喊，混混反哈哈起来，说，"算了算了，权当你给狗办了福利。"山里人心想，这是哪里话，山里人老实也不能白吃这种亏。沈十五是个硬汉子，又耿直，恰碰到面前，他一时怒起，朝混混一个老拳，就奔去追狗。穿人群越障碍，一个黑影一股风，直追到很远，集上无数眼神朝他看去，他一会儿一手提了狗耳，一手拎了腊肉，过来到南山卖肉的跟前，说，"你打狗吧。"

经此事，他俩成了铁铁的朋友。那天南山人提了两吊子腊肉跟到沈十五家里，非得要拜沈十五为干哥。干哥也好，沈十五说，"既然我成了干哥，你是干弟，我们就是弟兄。那好，我们就来往吧。"沈十五和那个南山里干弟在朝着堂屋墙上的一个秦腔脸谱磕了头，沈十五说，"我没有神像，我们俩就照着墙上的脸谱吧，都一样的。"

全鸽爱吃腊肉。周末沈十五借车去南山里那个干弟那里时，全鸽去的同时，她叫上了表妹尚迎香。对于进山，这两个女人兴致空前。正是热气泛滥的时候，川道里已经有不少人周末去山里消暑，省城里更是热得令人难受起来，有车的就拉着婆娘娃入山里享受凉快。沈十五有两个美女伴着，当然喜不自禁。虽然女人是别人的，自己唯有赏心悦目的份儿，可有娇娥在身边，心情也能敞亮不少。类若开水里放糖蜜舌，林子里栖鸟鸣啭。有愿意跟他前往的，至少说明他沈十五遭女人不恶。

深山愈走愈幽，路仅可走一车，遇到下来的摩托车还要停下来慢慢错过去，自然沈十五驾车不敢马虎。两个女人在车里看外面，惊呼不断，赞山里的幽静，赞山里的青翠，更赞山里的清荫。

走了近两个小时，又绕过几个山沟，上到一个极高处，反没了峻峭。七八户人家，一户与一户不挨，各占一片平缓处，房舍均白墙净洁，房舍四边都是树，榆树槐树核桃树杏树。远处看不到房舍，进里面才能见房舍。木窗子，糊纸，纸上贴红艳的剪纸，玉兔金龙福娃白鹿牛羊马猴，家家如是。人家少，极静，鸡婆①也寂寞地东走西走，拿出散步般的样子。只有一家门开着，男人和女人站在门口迎人，是沈十五干弟两口子。见了沈十五和两个女人，满面喜笑。那干弟问，"车呢?"沈十五说，"停在沟底了。"干弟婆娘问，"把你们走日塌了吧?"沈十五说，"没事。"从沟底上到这些人家这里，他们走了四十分钟多，三人都脱了外衣，沈十五便赤了两臂，把裤腿也挽起来像两个悬锤。

沈十五和干弟凑一起说话，干弟婆娘就和全鸽尚迎香说起来。进屋边说话边就倒了水，坐了一会儿便凉快了，干弟婆娘给全鸽和尚迎香说，"快把衣服穿上，感冒了不得了。"二人就穿上衣服。屋里很平常，大约这里的人家也一样。堂厅正中是邓小平像，两边连个对联也没有。墙倒刷得白，干弟婆娘说是去年刷的，为了过年。靠墙一边悬了几吊子腊肉，全鸽凑近了看。干弟婆娘说，

---

① 鸡婆：方言，指老母鸡。

"熏腊肉的地方在后面。"大家就都一起去后面看。沈十五是知道腊肉怎么做成的，全鸽和尚迎香却只知道腊肉好吃，并不知道腊肉是怎么做来的。干弟是个矮个男人，嘴却是很能来话的，见了沈十五像是久别的知己，嘴喋喋不休，总想把他肚子里知道的泄洪似的倒给沈十五。

熏腊肉的是个木棚子屋，没有门没有窗，只一面墙，三面敞。全鸽见了棚子下挂了那么多腊肉，就先啧啧赞叹，看了一眼表妹尚迎香。棚下挂有五六排腊肉，颜色焦黄了，发散着肉香。腊肉都是条状，手板子宽，腊肉上端都是麻线穿了挂的。下面地上挖了个坑，坑里还有火，冒着烟。全鸽问干弟婆娘，"这很麻烦吧?"干弟婆娘说，"麻烦么，手续要好多，一年做不少，有的城里人来买，有的我们拿到集上卖。"尚迎香问，"那你们一年也吃这肉吗?"那婆娘说，"吃啊，一年吃不少。"尚迎香说，"吃一个猪能吃完吗?"那婆娘说，"吃不完，能吃半个猪。我们这里的猪都大，一头猪要成千斤，小的也有六七百斤。"全鸽问，"那么大啊?"那婆娘说，"山里人，没别的事，就是喂猪卖。把猪娃从集上买来，就是喂，喂一年两年，有的还要喂三年。猪大了也下不了山，抬又抬不动，就在山里杀了，做成腊肉卖。"尚迎香问，"猪吃啥?"那婆娘说，"吃草啊，大人小孩没事了就到山里寻猪草，去一回背回来一背篓草，吃两天，完了再去。山里不缺草。冬天猪吃糠，平时给猪加点玉米料就行了。"尚迎香看着那婆娘的嘴，只是听了哦着。全鸽说，"年年杀?"那婆娘说，"哦，年年杀，不杀自己也没得肉吃。"

尚迎香说，"那杀自己喂的猪，到时候也心疼吧？"那婆娘说，"心疼啊，村里的杀猪匠来了，我就开始流眼泪，那天我给猪喂好的，全是玉米粥，恨不得给猪炒一顿菜让吃了。看着猪吃，也是流眼泪。到真动刀子时，我就躲了，看不得。猪死了，也就把泪抹了，给人家烧水烫毛。年年到冬天快过年时，要流这么一池子眼泪的。"

那婆娘给全鸽和尚迎香说话时，一只狗一直跟着尚迎香，闻她的脚。那婆娘说，"不咬的。"待那婆娘和全鸽尚迎香说话，谁的嘴动，狗就看谁动的嘴。尚迎香问，"平时狗不吃这里的肉吗？"那婆娘笑着说，"不吃，它原来偷吃过，打了一回，再不吃了。别家狗来也不吃，是来找它玩的。"全鸽说，"真听话的狗。"那婆娘的狗被夸赞了，那婆娘也脸上喜欢着。

沈十五和干弟两人去别家看了。

那婆娘在全鸽尚迎香不住的问话下，指着棚下肉说，"麻烦得很，手续多。肉切成条子，要先剔了骨头，洗了肉，在煎水锅里拉一下，免得有生水，然后用盐和大料腌几天，中间要翻动两次。挂出来晾一两周时间，晒干了，才开始熏。放盐多少也不好掌握，重了太咸，轻了也不行，现在都知道是二斤肉放一两半盐刚好。挂起来晾到发红就是晾好了，又用细绳子穿起来挂，挂好了就熏。熏腊肉不能用别的柴烧，得用米糠和柏树朵子。米糠山里哪有，得到川道里买，柏树朵子到山里砍，多的是。米糠和柏树朵子熏得香，别的不行。米糠能压火，火大了就熏黑了，黑了谁要？熏二十天左右就成了。"全鸽说，"平时就挂在这里？不怕人偷吗？"那婆娘说，"谁偷？没人偷的，家家都挂在棚子里，又有狗，不会丢的。"

正说话间，从门前路上又上来几个人，三个男人，两个女人还有一个娃。那婆娘说，"是城里来买肉的吧。"她就去迎他们问话，"刚来啊？"他们说，"哦。有肉吗？"那婆娘说，"有啊。"那婆娘给尚迎香和全鸽说，"你俩帮忙我把椅子和茶端出来放到木棚里来。"三人忙乱着端椅子和凳子，让他们坐在木棚里腊肉边坐下。肉的香熏气儿飘出来，鼻子好受用。那个娃逗狗，大人们坐着只是指着论肉，又看肉下坑里丝丝冒烟的火。一个男人说，"你们这里凉得很。"那婆娘说，"哦，凉快。"一个女人见了门前一个石槽里种了绿莹莹的蒜苗，就手摇了让一个男人出来看，那男人可能是她的男人。男人看了点首偷笑，觉得很好。那婆娘说，"娃他爸又不见了。"她就忙着招呼人，续了茶，又从柜里摸了烟出来。看来是不会散烟的，把烟盒也撕扯了，不是用两个手指捏烟的一头，而是三个手指握了烟的腰中间，一看就是不常散烟的女人。

沈十五和干弟去了村里几家转。沈十五不信村里还有超过千斤的猪，干弟就带着他转，巡察一样。去了两家，果真猪如牛，长嘴哼哼，主人说到了秋季，就杀。又要去看第三家，那家房前下面一块平处是厕所，厕所墙又矮，塌了半片，蹲在厕所里的女人露了头，怕被人看到脸，又再低埋了头。可沈十五和干弟在高处路上看得分明。那女人实在埋不住脸了，就慌张提起裤子出来，沈十五干弟早喊出来，"我们都看见你了，哈哈哈。"那女人也是畅朗人，也确实是清丽如葱的一个女人，没有红脸，就嘎啦啦笑一片声，碎花子的撒开来，她说，"看了就看了，我是婆娘了，怕啥？你婆娘和我不一样啊？"这话说得沈十五干弟冒一个干笑。这家也是一头一千多斤重的黑猪，耳朵已经把眼睛遮住了。

那边屋里城里来的客人各买了些沈十五干弟家里做好的腊肉，用绳子捆了，放在腿边，又舍不得早走，就坐在木棚子下的腊肉边闲话家常，闻着腊肉香。

一天很快到了夕阳落晖时候。山里白天的凉快更低了温度，近于冷了。这是在城里绝不会有的清爽舒服，这里的凉爽富余得让尚迎香觉得奢侈极了。全鸽喊着要回，可尚迎香则说住一夜，把这里的凉再多纳些于怀。尚迎香要住，沈十五就动了心，他是光棍，门上锁，就是飘荡，不用给任何人说话。沈十五的干弟两口子又竭力留宿说，"晚上要盖厚被子，弄不好鼻子上就挂了露珠。"这更让尚迎香心驰神往。于是三人决定，饭后分头给家里请假，饭自然是腊肉菜，蘑菇，青辣子炒腊肉等。饭后已上灯，先是全鸽在外面给老公打电话，唧唧嘤嘤，也说了有表妹尚迎香在。尚迎香听到提她名字，就奔过去在电话边喊，"我在，表姐少不了一根毫毛。"那边同意了。尚迎香则好说话，她是最年轻又在极惹人的妍芳期，她却只给电话那头过去一句话，"晚上不回去了，住山里享受凉了。挂了。"全鸽问，"这就行了？"尚迎香说，"好了。

这有啥多说的？多说了是自己心虚吗？"沈十五看着尚迎香笑，竖了拇指。

全鸽尚迎香睡一面炕，沈十五睡一面炕。晚间山里的天，青蓝也高远，星星点灯，清凉落得更低。没有动静便没有狗咬，沉寂似海底。沈十五累了，问干弟，"车放在沟下没事吧？"干弟说，"没事，让车也凉快一夜。"沈十五在炕上迷糊了，那边小房里炕上还在说话，是干弟婆娘过去和两个女人说话，三个女人一台戏，这台戏不缺什么，就一直说到快十二点才歇了嘴。

在夜中的话里，干弟婆娘说的一个事，让全鸽和尚迎香特感兴趣。说是他们小村里，只有其中的两家住得近是邻居，一边的年轻，一边的年长，年轻一边的婆娘看上了那个年长一边的男人，两人就偷情，最后两家都离婚了。年轻一边的男人愤然出去打工，不再回来，年长一边的婆娘也走了，去了外地，留下那个最小的娃。全鸽问，"年轻婆娘为啥看不上自己男人？"那婆娘说，"年轻婆娘嫌自己男人太死，只会干活，嘴不会说话，木头一样，比死人多一口气，年长那个男人会说会穿会喝酒，也会吹笛唱戏，把身材保护得像个光溜的棒槌。不知底细还以为他是个挣工资的公家人，其实那人懒得只剩鸟儿给他嘴里屙。"尚迎香问，"哪家有钱？"干弟婆娘说，"当然年轻一边的有钱，男人能干，地里种外面挣的，比年长一边光景好多了。老男人会哄婆娘，把年轻一边的婆娘哄转得像娃，偷偷把她引到城里买衣服买零嘴，看戏坐火车的，年轻一边的女人被哄转了心，才死心要跟老男人的。"尚迎香说,"真说不清,你说她就图个这?没钱日子能过好吗?"干弟婆娘说,"他们俩胡成都添了一个女子,五岁了,乖样的像个兔子。"

十七

　　邱顺舟从夜村镇街道里一家门前过时，看见一块晶亮的笼子般大的石头，石头中间裂了缝，缝里长着一丛英英叶子的豆芽。他凑近石头看，认定是一块陨石，又摸了摸，比其他石头光硬。小邱问了旁边一个老者，老者说，"城里有个人来也说是陨石。"他问，"这东西值钱吗？"他说，"这我不知道，应该稀缺，研究有用处。"小邱见过后不到一个月，城里的一个人在夜半把那块陨石偷走了，这事被那家人知道后以为是他多的嘴，怪怨于他，说他和他们住得不远，好歹也是邻居一般，这样做是叛徒，对不起他们。这可把小邱冤枉大了。这事一出来，镇上的一些人抽空都到州河里找，希望能找到一两块，说不定能值大钱，也说不定在西安城里能换来一套房。贾平凹住的棣花，离这里很近，都知道他写的短文《丑石》，那《丑石》文一出，人们都知道那没有样子什么也做不成的石头若是陨石，便极有用处的，是宝贝不可不放在眼里。那天他看了后离开时，一个穿牛仔裤的长得和枣木棍子似的小伙子撵着问他，"你说那石头和贾平凹门口那个一样吗？"邱顺舟没言语。他看见小伙子嘴唇上一层细毛，俨然才十八九岁。

小邱是州河边上一个诗人，凡商州作文的，和贾平凹不熟悉的少，不是朋友的更少。小邱就和贾平凹极熟，每到省城里，和贾平凹吃顿饭，把捎的柿饼或者粉条木耳泉芽啥的放了就走。小邱回来就来一股子劲，写一堆诗，等身上那股劲消散得没了，就又去见贾平凹。他在本地杂志报纸上发了不少诗歌，也算是小有名气的诗人了。可他觉得自己是农民，心里总有一点自卑。村里地是没有什么种头的，再下苦也是获得有限，他一年里，就有几个月撂下婆娘娃，在城里打工，在打工的闲暇写诗，写了还发表。他是勤脚人，喜欢跑，把诗拿上寻编辑，州城里的编辑们他都熟。他给人说时，也不是吹，说他和那些编辑熟的和汤一样。三天两头报上杂志上就有他的诗出来，他把载他诗的报和杂志都收集了，见了朋友就翻出来展览，满怀喜，朋友看了他的诗，他便要和他们吃饭，抿一口。

　　他在州城这片地方真有点名气了，可就是在外面大刊大报上没有见他的东西，这也是他一直努力的方向。他很辛苦，见他老是满面汗，虽才近四十的年纪，可也不大注意修整脸面，汗流到胡子里，再蔓延到脖项里。打工有时在建筑工地，有时找的活儿好点，几次还在州城报社干过。在报社干的好处是能认识许多许多读书写作的人，报社杂志社就像笼子，那些爱写作的都被笼子困着。小邱不咋呼，对谁都谦虚，都呼老师。论诗，他的诗五分之一有点用，其余的都是废物。他回村里后，有时也有朋友拜见他，他也是拿出他发表的诗。他的婆娘对他的诗烦死了，见了展览，就出去，若回来还在面前，就要发凶了，即使硬忍了不发凶，也是要瞪他一天的，瞪半天不能过去。邱顺舟给人说，婆娘不懂诗，她不待见诗，也不待见我。

邱顺舟就住在夜村镇不远处的沙榆沟。他们上集就在夜村镇，从沟里下来，过了州河就是夜村镇。

叫夜村，许多外来的人一看是个"夜"字，就奇。咋叫"夜村"，没有白天吗？不出太阳吗？名字来头有时也是一个地方的历史。这夜村从来史上没有记载，听老人说过，州河边的镇子多了，随处聚了人，就是镇子。夜村这地方处在州河的中间，又在商於古道上，古时商旅并串了来往，如蚁队，西向越秦岭要到河南湖北去，走一个整天，过去因是骡马车，到夜村这个地方天黑了，放了车卸了骡，人宿店，骡进圈。次日不等太阳起，曙色时就又起身赶路，他们是要下河南湖北的，没有一点空隙耽搁。从东面河南湖北上来的，经过州河沿线的商南丹凤两个县，一路风尘，到了夜村这里，也是浑身稀瘫了。早落了日，暮色降临多时，一片漆黑，但也要洗一把脸，吃一顿饭，吃完立马睡，叮咛店主喂好骡马，想着次日路程就呼呼睡去。这些商旅人马，在夜村这里从没见过太阳和白天。两头不见天的地方，被他们传成是夜村，这名字就叫开了。

州河里真有陨石。

夜村镇子原来小，现在扩了好几个乡，大多了，管的地盘和一个小县差不多。镇子在州河北边，又是高处，朝南就是州河。

镇子南边临河处如锯齿般，每个豁落处都有下到河里去的细线毛路。州河到了这里也粗了，虽还不曾能行船，可丰水季大起来，也是气势汹汹的。在集日，从四面八方来赶集的，南边就要过河，河水不深，能看到那边的人高挽了裤脚蹚河而来，河滩里就多了移动的黑点，黑点渐大，上了缓坡路，就成了集上纷乱的人。南边人上集确实有点不易，人出门狗跟脚，后面是不离身的狗。人过河，狗也过河，人腿湿了，狗却一身淋漓，过得河来，狗就一个圆滚的摇荡，把身上的水甩到空里成个大伞。本来河又弯个大弓，靠了南边，使北边就多出来一大片滩，滩大了，干啥都行。几次公判会就在这里，安了喇叭，声势吓人，四围人云集了看。也因为大，集上有了纠纷闹仗，多是几个二杆子①，要比个高下，就约到河滩里打。没有人踏的河滩，花草还多，石头是小的，比碗小，在水涨时被水吹着来，又被整齐排列在河滩里，像积攒了一堂子的光圆东西。夜间敢走河滩的人少，加之河里到了晚间总有吱呀乱叫的音，鸟鸣抑或是鬼唱，没人说得清，反正使人心里空森。

邱顺舟在州城里有点名气，在自己村里也有点名气，可在夜村镇上没名气。他试着在一次集日，他先去了邮电所，买了一本杂志，随便问旁边几个看报的人，问他们知道有个诗人叫邱顺舟不，那几个人没有一个说知道。他失望着离开。他又挨着去问摆

① 二杆（gàn）子：陕西方言，我行我素的人。

摊卖辣椒面、卖笼子、卖铁具、卖袜子的一溜人，没有一个知道他。那个卖袜子的说，"你找他吗？写诗的？那你要问那个人吧，那个人看书，应该知道吧。"卖袜子指了指一个不远处靠电杆看报的男人，说，"他可能认识吧。"

邱顺舟一看是他表哥。

夜村镇上沈家占了少半，绝对是大户。邱顺舟表哥是在小时被沈家要过来做干儿子的，后来在一次交通事故后疯了，沈家也没办法管，只任表哥乱跑。这表哥人也长得清白似书生，疯了后却无由看上镇上一家的妇女，就追着天天给人家送花，被人家丈夫打了一顿，他还是送，还口口声声说人家妇女眼睛大，用手卷成圈，由小到大地比摆着说，"她的眼睛这么大这么大。"邱顺舟表哥送花执着极了，凡是花，他都会折了送。即使人家门锁了，他就放在人家门口或窗台上。一次竟把花绑在人家门口空里的铁丝上，花朵像秋千般摇荡。有时他送过花后格外高兴，就高嚷着孩子般跑出来说，"我送花了，我送花了。"邻居看见也是没看见一样。邱顺舟表哥是痴迷上那个妇女了。

夜村镇上的人都知道疯子送花的事，来镇上上集的人有少半也知道有个疯子。今天他大约送过花了，在安然地靠着电杆看报纸。邱顺舟过去拉了表哥的衣袖，表哥抬头看他，他食指勾了勾说，"你跟我走。"邱顺舟引着表哥一起去州河里洗脚，邱顺舟扫见表哥的脚实在脏得不能再脏了。

邱顺舟表哥跟在后面，手里提着报纸走，一边说，"这报纸上有你一首诗。"邱顺舟问,"真的?"一把从表哥手里拿过来看。

果真报上有邱顺舟的一首诗《懵懂的鸽子》。

邱顺舟表哥在夜村镇上的名气的确比邱顺舟大,都知道他表哥若不是有送花的毛病,那也是个文化人,爱看书,有时还画画,写毛笔字,毛笔字写得很好。春节时,倘见邱顺舟表哥清醒着,就纷纷买了红纸让他写春联,镇政府有时也派人过去让他写春联,还给邱顺舟表哥留一包烟。

这时他们二人洗了脚,准备分路回去。邱顺舟表哥看见石头里一枝花,就去采。他见了花,喜笑得像要软成一滩子水,邱顺舟知道他又要去送花了。

邱顺舟问,"你天天送花,人家烦你不?"

他表哥说,"烦?谁烦?"

邱顺舟说,"那婆娘是人家的。"

表哥说,"我的,我的。"

邱顺舟说,"是你的你咋不和她生活呢?"

这话似乎把表哥问懵了,表哥就呜呜哭起来,很伤心。把采得的花就揉了,甩到河水里。哭罢像突然明白了什么,从糊涂里醒过来,就猛力朝邱顺舟喊,"她是我的,是我的。"就要追着打邱顺舟,邱顺舟慌忙蹚河到北边回去了。

十八

这个临州河的窗子口立着一个精明的女孩，嘴利索脚利索，圆脸像个瓷盘子。她在那里能看到那个不大用的麦场，也能看到河里。可这时她看见一个戴眼镜的老头从河里小路上来了，她就朝屋里喊，"妈，那个媒人来了。"她妈不明白她说啥，就问，"啥媒人?"女孩就说，"就是给我哥说媒的那个。"她妈才哦了一下，也趴在窗口看，是陈八学。天热了他还穿着厚衣服，走的有点暮囊。

这女孩也十二三了，该知道的也知道一些。上个月这个陈八学来了家里两趟，答应给这女孩的哥哥做媒，说已经瞅了两个好女孩，也有一家人托他说媒，就看这两家哪家麻利决断了。这女孩的哥哥在州城里打工，该娶了，可终没有瞅到合适的，一误两误，年纪也错过了最佳期。在农村，年纪错过了就难上难，父母一下子觉得儿子打光棍的结局似乎就在面前，熬煎得寝食不安。就委托陈八学帮忙相亲。当下做媒的少多了，都是自由恋爱，自己谈，谈好了就结，结罢一年后，孙子孙女就出来翻格斗，都是这样过日子，一代人又一代人问问上下的人家，哪家不是这样过。

媒人来了是要喝汤的，虽名为喝汤，但汤里都窝着至少两颗荷包蛋。这女孩也知道这规矩，就问妈，"妈呀，鸡蛋有吧？"她妈一个惊，才醒了似的，就说，"你到隔壁借几颗去。"女孩端着碗就去了。女孩借鸡蛋回来，媒人已经落座在方桌边，嘴里是妈妈取的纸烟点着了。

女孩的父亲出去了，母亲和陈八学叽咕话，大约是说人家的条件。母亲不让她听，打发她出去。她在隔壁院墙那儿站着，手里玩一根树枝子，又用树枝子去戳邻居家在高处乱走的母鸡，母鸡认识她，并不怕，拧身去觅别的。鸡不理她，她很感无趣，就掐了一根圆筒葱叶，到刚才她在窗子口看见的那个麦场去，那场离她家很近，场边有两颗靠边的冷然货①碌碡。她坐在碌碡上想，哥哥要娶媳妇，又得花钱了。陈八学第二次来她家时，她就很恼气，以为陈八学在设法赚她家的钱才跑东跑西做媒的。她在一侧把陈八学好好瞪了几眼，她母亲看到了就斥她，说她不懂事，还说你长大了，说不定还要人家寻婆家嫁出去的。女孩更对那个陈八学有几分恶感了。

陈八学原是教书的，退了休偶然做起了媒，且一开始因为有桃李遍天下的方便，就顺利极了。这样找他的人多起来，他不好拒绝，一家成，数家成，多家成，他就成了稍有名气的媒人。

陈八学在柏寺旁边住。柏寺过去是学校，先中学后小学，陈八学在柏寺学校教了一辈子书。政府盖了学校，学校搬离了柏寺，

---

① 冷然货：指不常用但又离不了，偶尔用的东西。

柏寺空了，陈八学也退了，那里面的几十棵粗柏树就寂寞起来。陈八学住在柏寺旁，常进来看看，是舍不得柏寺里面的树，也舍不得里面的静。望上去，看蓝天看白云，看树上垒的雀窝，看罢再回去做饭。柏寺在一片似峁的高处，又孤在州河边，从这里能看见四围各处，尤其是河里。临河一面的围墙已塌了，站在那里，州河就敞开在眼前。

陈八学除了做媒，还写字。他自小字好，有当教师的经历，就有粉笔板书的底子，退休后一拾起毛笔，字就不赖。不几年他的字就很有观头，他长于写猴寿，把寿字写成猴子搭眉远眺样。近几年他的猴寿尤其得远近的喜爱，来求的不少，有的就怀了钱来求，一幅五十或一百，按尺幅大小定。在夜村镇的集上，他也卖，一个集日卖一幅两幅的也行，主要是为了看人，求个不冷寂。一时间里，猴寿也到了州城里，州城里有的人家给老人做寿，专要他的猴寿，他给裱了送去，红红的吉祥，一幅三百。这是陈八学做媒外的一项主要收成了。

陈八学人好，也耿直。他有退休工资，不缺钱，做媒是业余为之，人来求，总不能拒了吧。千万别以为他说媒挣钱，不，他是仗着自己对这里熟，跑着也是锻炼身体。他在州河的信息大网里穿梭不息，嘴好是他的风格，干起说媒心情也好。论说他的长相，矮胖，又谢了顶，宽唇大嘴，有人说在陈八学上嘴唇盖四间大瓦房也宽余。这话说的也有几分真实。

今天他在女方家询问，女方家因为光景不很好，提出要十万彩礼，这让陈八学也为难。他知道这个男家光景也不好，打工一年也得不了多少，一张嘴就是十万，那不是狮子口吗。愈有钱的人家娶亲愈不掏钱，愈没钱的人家愈得掏大价钱。农村的女孩子都朝城里跑着嫁，农村里男孩子稍不留神迟慢点错过了，说不定就是光棍一个。陈八学也心疼这个男家，终落到彩礼八万。他去说了，就看人家意见。

等陈八学从男方家里出来，那个女孩就进去了，看桌子上空了的煎水碗，知道至少两颗荷包蛋下到了陈八学肚里，筷子还横在碗上。

女孩问她妈，"妈呀，他咋说？"

她妈说，"你管哩。有你的啥事？你小，家里的事你甭问。"

女孩继续问，"多少钱？"

她妈说，"人家要八万。"

"八万？是讹人吗？"女孩声高了八度。

"别喊了我的爷呀，给你说了你就喊，让别人听了好看吗？这还是落了的价，再不能少了。"

"不娶了。"

"不娶了？你说得轻巧，让你哥打光棍，我和你爸断了孙子？亏你说得出来。"

"那怎么办？"

"你别管，好好念你的书。好爷哩，别添乱了。"

女孩对家里这个事也在心里替父母煎熬。这一夜，她在心里把她们班所有有姐姐的同学梳理了一遍，她决定自己给哥哥当媒人。试试这个与她年龄不配的事情，看到底这事有多难。

果然女孩在她们班找了个有姐姐的同学，她决计要登门去给哥哥做媒。她先回去给妈妈说了，妈妈瞪她还笑她，说她不懂事，哪里能干这样的事。就在她准备去同学家里说媒时，她在州城里打工的哥哥打来电话，说要给她引回来嫂子，让她暂时保密，给家里一个惊喜。她在电话问，"真的？"哥哥说，"咋不是真的？你见了人才以为是真的吗？"第二天哥哥和女朋友要回来，她这个小鬼头真的没有给妈妈说，她要看到妈妈惊讶的样子。她一直在那个常站的窗口那里看路上，从车路上到她们家，非经过窗口看见的那条路不可，她应该是第一眼看到未来嫂子的人。她梳理了一下，把自己打扮得亮了几分，不想让未来嫂子小瞧她的模样。时间一分一分过去，她一直看着路上，把眼睛朝左边就能伸到河里去的，她今天没心思也顾不上看河里来往的人。

这个家一年后，迎了亲，就是女孩哥哥从州城里引来的新媳妇。陈八学再也不去那个家了，女孩在夜村集上碰到过陈八学，陈八学认识她，陈八学面前摆着猴寿，红红一片。陈八学问女孩，"你妈妈快得孙子了吧？"女孩说，"快了。"陈八学又说，"你哥哥给你妈过寿时要买猴寿的话，尽管来，不要钱。"女孩凭这一句话改变了对陈八学的认识，自此她不再对陈八学怀恶感了，她认为陈八学是一个好爷爷。

十九

　　州河从商州黑龙口哪个山沟里流出来的，谁也说不清楚。筷子粗一股子水，谁知道它是怎样冒出来的。可以想象，韩愈当年冒风雪越秦岭，去贬谪的潮州，要过到商州这边来再去，受尽了艰辛。面对风雪载途，浩叹冲天，云横秦岭家何在，雪拥蓝关马不前。雪真大啊，这是要困死我于山里吗？韩愈劝说皇帝不要太看重佛教，说那是什么用处也没有的，这话本无大碍，可皇帝是个佛教迷，惹了就得受罚。多嘴的韩愈，要过秦岭去远得令人迷茫的潮州了，风雪紧得简直要堵了他的嘴。这是一个诗人在秦岭山里留下的故事，以后的他虽有很多可说的，可留给时光和后人的是秦岭的险阻和峻峭，它挡住了一个唐朝大人物的脚步。据说在韩愈当年翻越的途中，曾建了一座韩愈亭，纪念他那次难忘的旅程，就在一个山顶上，可年久无人光顾，亭也在时光里渐渐沉去，已塌了一面。韩愈的事还会传下去，可亭子迟早要没了的。

　　廉江山的两个哥哥的后人就在这山沟里住。秦岭高而阔，虽在东面，已弱了不少，可到了这里也是深得没有边际。山高了愈显得沟深，沟深了更有点显得日短气重。一溜山仿佛一头大象，坐着卧着立着都占地方，把地方快挤完了，留下的是细条的沟。山无数，沟亦无数，沟里住的人也无数。人口在这里怎有准数，大约报数的人也躁火过，一拍桌子，跑断腿也走不完那些沟，谁知道哪个沟住几个人？

这是个小组，七八户人家。实在没有宽点的地方盖房，房子就靠着崖壁，是凿出来的地方，几乎家家都是偷取一点这样的地方盖房的。地方小，房子也宽不了，最多三间，还是依势坐向的。一天的太阳留不下几个时辰就被山遮挡了，种洋芋苞谷豆子，种麦子都成熟不了。也有种大麦荞麦的，生长得短，能熟。这个小组临路算是方便的，公路从沟宽处穿走，他们这个沟和公路呈直角，从这个沟再上去还有更细的沟，也有人家。沟中间用石头垒个槽，是水路，两边就是人居的地方。溪水潺湲，叮咚不息。每家的房前屋后都是树，有的树很大了，又趴着腰，就盖在房子上。吃水是从高处引下来的清流，直通到院里或屋里，水流算是这里引以为豪的一点。

廉江山两个哥哥死后，廉江山的侄子、侄孙一大堆，枝杈分列，大略算来有十几口人。可安分留守在这里的已经不多了，两个嫂子还有一个，这个嫂子在陪伴一个光棍儿子，光棍儿子也六十多了。另一支脉的侄孙却在做豆腐生意，两口子起早贪黑的，虽辛苦，却挣了不少。两个女孩还送到镇上读书，孩子在镇上住校，不用接送。这里水好，豆腐就很好。豆腐仗水质，像酒和醋，没有好水，酒能好喝吗。做了豆腐拉到镇上卖，有时也有路过的车停了，上来到家里买。

黑龙口的豆腐生意凭借好水早就有名气。过去没有高速公路时，国道在山里穿，绕行得艰难极了，上到秦岭顶上再下去，那个险，使多少人坐在车上冒冷汗叹息。在黑龙口自然形成了一个镇子，作为歇缓之地。车到了黑龙口，司机也乏了，即使不吃一口也要下车歇息一下，给车上人喊下车，不上厕所的就吃豆腐。一个窄沟，沟边是公路，稍宽处就要集结不少人来做生意，开店铺，卖豆腐。尤其在冬天时，吃豆腐是为了给肚子垫底，也是需要热量。豆腐摊是个担子，简单极了，一头是豆腐，一头是个盆子大的煎锅。客人来了要吃豆腐时，就把豆腐在煎锅里一热，捞出来用刀三五下割成方块，放在盘子里，浇了辣子醋水，立着蹲着就吃了。最冷时，头上飘雪，嘴里吃豆腐，脸上还有喜笑，真不觉得有啥苦的。若真大雪封山，东西的车都通行不了，倘是堵实的境况，那就得车和人住在这里，住是将就着住，没有多余的旅馆，挤挤凑合，嘈杂一团。吃却是要吃几天豆腐的，真把豆腐瘾要过足了才放行。这里的豆腐以硬驰名，又是浆水点的，有原汁豆子味儿，一口满香，豆腐皮儿煎得几乎要焦黄了，看着吃着都是大享。在七十八十年代，经过这里吃豆腐的记忆谁都有，谁都觉得这是幸福情景。

一个面南斜坡般的大院子，没有门，两层楼，楼后靠山，这就是车站。黑天里一颗灯泡子照满院子，十几个工作人员高矮宽瘦的，架势大极了，呼喊人上车就像是宣旨，声音像滚石头，谁听不见就难坐车。工作人员也爱吃豆腐，他们吃，不用立着蹲着吃，是站在台阶高处向院子门口吆喝一声，要两盘子或三盘子。门口那些摊子听惯了声，就知道谁要，赶紧回声，"来了来了。"工作人员是坐在笼子般大小的办公室里吃，好歹文明点，吃罢不洗盘子，也是一声粗喝，外面的就老鼠般跑进去取盘子。

黑龙口的豆腐煊赫了一个时代。

廉江山那个光棍侄子平时给侄子侄媳妇帮忙做豆腐，一年在侄子手里挣几千元，够他和老母亲生活就很知足了。他身体不错，颇有力气，天生是推豆腐磨子的男人。他的勤恳和厚道很得侄子侄媳妇的善待。他是孝子，不让在州城里工作的另一个弟弟管母亲，在他心里，母亲是他的，那个有钱的弟弟好像邻居。他在四十岁时头上就光了，不是剃的。在这个不大的组里，他不是排末名的，虽是光棍，可他有一手艺，捉老鼠。山里的老鼠犹如坐大了的土匪，不惧人，且偷窃如巨盗，敢于敌猫，对猪也能做朋友。这个光棍就琢磨出一套捉鼠招数，在瓮上悬食，碎食多悬几样，一夜里就有多只老鼠因贪食而堕入水瓮里，次日便用夹子夹了。这里有被老鼠啃咬祸害得厉害的就请他去，他布置了家伙，等老鼠去自堕陷阱就行了。如那家真捉了几只大家伙，向他嚷嚷着报告成绩时，周围也都听到了，他也得意的脸红，像受了嘉奖，愈对捉鼠有了信心和热爱。他回去就对耳聋的母亲喊着说，"妈，昨晚又捉了四只或五只。"他向母亲拃四个指头或五个指头。

他和这里的一个看来无望成家立室的小一辈小伙子关系很好。

在他看来，那个小伙子也是光棍定局的人，不用担心世上会有他的媳妇。组里也有成不了家的，唯他们俩友好。二人一起游戏，一起晚上说话，一起去沟深处打狼撵兔的。那小伙子什么也跟他学，比如头，在和他好了不到二年，那小伙子就坚决不要头发了，剃光头起来，发誓光头到死。他们俩有好的时候，也有恼了的时候，恼了就互骂，骂得话都一样，谁也不吃亏，像两点爆响的火星子。骂了很快就好了，因为他俩没有其他可好的人。

今天老光棍在侄子那里干完了活，回来朝天睡了一觉，就和那小伙子上山去捉了一只野鸡，剥了皮在锅里煮，熟了后他把一块腿肉先举给母亲，再和那个小伙子吃。野鸡肉他们吃得多了，每次都和这次差不多，只是加了一股盐，但还是香满口。汤也喝得不剩，母亲也喝，也说香得不得了。

去年那次打架，是那个小伙子的错。他给老光棍吹自己看了一个婆娘上厕所，老光棍问是谁，小伙子说是锦芝。老光棍就骂，"你的眼睛咋不瞎了。"骂过他就在小伙子头上狠煽，煽得手疼。小伙子挨了打才明白锦芝是老光棍的侄媳妇，老光棍是吃侄媳妇饭的。他问小伙子，"以后还偷看不？再看我就开了你的瓢。"小伙子说，"不了不了，再不了。"

廉江山侄孙的豆腐坊已经大成一个厂子了，除做豆腐，主要是做豆腐干，包了装远销外地。做成豆腐干并不简单，要过几道手续，卤过三遍才有味儿。老光棍已经是侄子侄媳妇那里的卤豆腐专家了，有人就在他耳朵上说，"该给你加工资了，没了你他能转得动吗。"他说，"不好开口啊。"他终没有向侄子侄媳妇说出来要加薪的事。镇上周边，也是星星点灯般的制作豆腐干，在努力用豆腐干挣钱。黑龙口现在名气在外的不是豆腐了，而是豆腐干。

二十

邱顺舟媳妇是磨子洼的人，磨子洼在夜村镇下面十里路。今天是邱顺舟丈人做寿材完工的日子，循例要待客①，已通知了他。他媳妇是老二女子，早几天就嚷着要去，还准备了几样礼。在行门户的同时，要去看看娘家门上的长辈，她的外爷还在，两个婶子也年纪大了，去了怎能空手。做寿材行门户几时已成规程了，上下都这样来，丹凤下面也待客。有的箍了墓也待客，说热闹了吉利。

邱顺舟对媳妇如何处理这些事情，不干预，到时候跟着走就行。媳妇都打扮了，抹了粉，也照了几次镜子，生怕到娘家门上比不过那些姊妹们，让人讥言，不收拾鲜亮好像自己日子过得不顺意似的。本来嫁了邱顺舟，原来是看在他老实，还会写诗. 谈恋爱时邱顺舟就把发表在州城报和丹凤县报上的诗拿给她看，她看了就觉得邱顺舟太了不起了，简直坐在她对面要放光辉了。她还把两张报拿给她的姐姐看，姐姐也是不懂诗的，就问了一句，

---

① 待客：做寿材举行的仪式后摆酒席。

"这人家给多少钱？"这一问把她问住了，她说，"还不给三四百呀。"她回来问了邱顺舟，邱顺舟说，"没有钱。"这一句，她兀然觉得邱顺舟的光辉缩了一半，像油灯的捻子结了灯花。母亲也反对这婚事，看了邱顺舟家里说，"嫁过去炒字吃吗？"可她还是嫁给了他。没有看在诗的份上，而是看在媒人嘴上。媒人说，"别看现在穷光蛋，以后他出息了就是大出息，你看贾平凹，开始也是不起眼，后来咋啦？商州放不下了。这样的人，要看几十年的，不是看眼前。"她信了，也是赌一回，可至今她和媒人都把邱顺舟看走了眼，邱顺舟的出息就是偶尔在州城里晃荡。

要走了，邱顺舟还迟迟没动静，媳妇拉他起身，他说，"再等几分钟，还有两句就完了。"媳妇躁了，"写那能吃能喝？"他还坐着没动。他的桌子勉强可以算是桌子，但作为诗人的桌子，太不般配了。他要买一个，媳妇不同意。说让他用诗赚钱买，可诗哪有那么多能耐啊。一首诗，有时给十块钱，都算是有良心了。离邱顺舟买桌子，实在遥远。台灯是他买的，好歹要有点样子。书把枕头包围了，这他觉得应该，他到州城里几个作家的家里看，哪个不是被书围剿的。凡被书侵蚀得几乎没处坐没处插脚的都是有些名气的，家里整齐净洁的，那是才入门的。邱顺舟看清楚了，要成文学大事，从书乱门庭开始。"走走走"，媳妇又吼了。他终于起身，跟着媳妇要走了，去行门户。可这首急就的诗，终降生的不是时候，他没有斟酌，总觉得字词有些不妥。他在媳妇锁门时，面着窗子高声吟起来，那窗子是朝河里的，每次他的得意之笔都是朝河里吟诵的。刚起了声，媳妇就骂，"别神经了，让人听到笑话吗？"他便关停了嘴。

他们骑摩托去。

磨子洼在州河的北边，一条细路，进去一个细沟。沟口细，里面却宽起来。在一处显眼的平台上，真有一台石磨子，很大，那里住的人都用。在磨子洼两边高处看，房舍掩在树里，磨子却明晃在天底下。有牛的牛推，没牛的人推。磨子几乎没有闲下来的时候，老是转。有牛拉磨时，牛偶扬一声，把满洼里搞得像啸过去一股水。有牛的仅有几家，谁家牛的声每个窗子里的人都记下了，这一声出，就知道是谁家又在磨面了。

邱顺舟丈人家门口已聚了不少人，过事就图人多，愈熙攘愈合心意。做好的寿材已经摆了出来，不用黑漆油染，桐油就刷在绛红的原木上，明晃晃地放桐油的香味儿。年老的人就看什么木头，看刷什么油漆。他们明白，死了就得睡这个。

邱顺舟媳妇的爷爷若活着就快一百六十岁了，他是磨子洼里有故事的人。磨子洼人少地宽余，粮食多，常来土匪追粮。有一年，在秋季，从丹凤县上来几个土匪贼子，几声枪响从州河里飘上来，先把洼里的人惊散了魂，能跑的都跑了，余下的是年老体弱的。一个多病的妇人刚握着炕柯叉准备出门，和一个土匪撞了满怀，当下后倒咽了气。邱顺舟媳妇的爷爷正在推磨子，依然毫无惊慌，不疾不徐。他是用腰眼顶着磨棍推磨子的，旁边是小孙子在玩土。他才不怯土匪，更不怕他们腰里的枪。土匪到跟前一看，问十句他答不上来一句，他指着自己的耳朵，只是支吾其词，意思是他是聋子。孩子是不知土匪为何物的，哪里有丝毫怯色，只顾玩，土匪不长眼把孩子聚起的土堆一脚踏了，孩子还骂他，土匪只能干瞪眼。土匪把磨子上的粮食揽了一袋子提着走，聋子爷却笑笑地说，"那是喂猪的，吃不成。"他拉着土匪要讲故事，土匪哪里是有耐心听故事的东西，就放下揽的东西跑了。待土匪离开磨子洼消静了，跑离的人回来，还看聋子爷爷在推磨子，满怀的惊奇，就凑上前问，"聋子爷，土匪呢?"他说，"走了。"又问，"你咋不怕哩? 他说，怕啥?"

这次磨子洼做寿材待客的是聋子爷最小的儿子老六。聋子爷的儿子活着的还有三个。

邱顺舟两口子拿着酒拿着烟拿着六尺布，这样的礼是这里的规程。作为嫁出去的女子，拿的烟酒自然要好，布也是上等料子。客待了几十桌，算是大客。吃饭前陆续聚了一堆又一堆，那盘磨子处也是人，几个男人坐在磨盘上打牌，喊叫着玩。待客的院子里已是熙熙攘攘，大锅里热气腾腾地冒着烟。不断有人从州河里朝上走，一个男人就扬了头喊，"吃饭了没?"磨子边一个女人把声递下去说，"没有——"那女人绝对是男人的媳妇，声音拉得老长。邱顺舟听声看过去，认出是他媳妇的三姨的二儿子的媳妇。他就给媳妇偷偷说，"他们俩也来?"邱顺舟媳妇说，"也是亲戚么。"邱顺舟说，"那也算亲戚? 八竿子打不着了吧。"邱顺舟媳妇就眼瞪了一下邱顺舟，"就你能，咋不是亲戚?"邱顺舟不好再说了，他只在心里嘀咕，这样算来，今天来的人都串成串了，亲套亲，州河两边没有不是亲戚的。他心里像立马开了窍，光进来了，水进来了，觉得这州河是他和他所有的亲戚住着，看守着州河，他太放心了。

招呼坐席吃饭的是几个老者，耳朵上夹着烟，肯定是这里有光彩和威信的人物。席很简单，是卸了的门板或者草席，能放几个碗就能坐席。围着吃，一团喜，讲究的席口反没了农村这样的喜庆和乐。一个毛胡子六十多岁的人过来，他蹲着加在一个席里吃起来。邱顺舟知道，他是聋子爷七儿子的儿子，就是那个骂土匪的聋子爷的孙子，他在夜村镇工作，退休了。

邱顺舟看到这样的场面，一时想法又来了。只吃了一片肉，就急着起来坐在磨子上去了，媳妇问他咋啦，他闭嘴不语，媳妇知道他又要写诗了。荤素菜是交叉着上的，下一碗来，上一碗就被换去，席上只放一个碗。媳妇心疼邱顺舟，把上来的肉片夹到他碗里，等他写完了吃。天上有斑鸠鸣，鸣过就走了。邱顺舟写了快十几行时，州河一个潭里爆出一声大响，随即冒出几层楼高的水花，吃席的人都站起来朝河里看，他们知道是炸鱼了。凭响声判断，几个男人就端着碗说，"看来这次能得了大鱼。"一个男人就说，"那是棣花街道里的黑钻子。"一个婆娘就骂黑钻子，说黑钻子一年把州河里的鱼吃美了，常年炸，黑钻子媳妇的身子宽得像磨盘子就是吃黑钻子鱼才吃成那样的。

邱顺舟没吃完就急着跑下河里去看。他媳妇问，"你不吃了?"他边跑边说，"不吃了。"

待客走完已经是太阳落山的时候，邱顺舟媳妇想和她妈她爸多待待说说话，就迟迟不想动身。邱顺舟却是从吃饭时下到河里一直不见回来，她妈说，"你就等着。"邱顺舟媳妇等得实在急了，日暮得快看不清脸了，就骂起自己男人来。正骂着，邱顺舟从州河里回来了，手里提着两个鳖，说是黑钻子炸的他买的，给老丈人丈母娘吃。鳖还活着，伸脖子看。邱顺舟媳妇在秤上称了，两个五斤重，就嘻嘻笑，说邱顺舟有心。邱顺舟丈人不要，说让女儿拿回去给邱顺舟补，年轻人要补，他老了，吃了也是糟蹋。最后邱顺舟挂在摩托头上也拿回去一只。

临走时，邱顺舟看见丈人堂屋柜盖上竖着一个镜框，框里是一个穿棉袄腰扎草绳手里提长杆烟锅子的老者，个子大，眼神像擦净的煤油灯，邱顺舟媳妇说，那是我聋子爷。镜框已经很旧了，边子暗红色。

二十一

那片出事的芦苇荡还在，所谓出事是里面死过人。

尚迎香住的那个浅沟出来，朝西看，就是那片芦苇荡。州河上下少有芦苇，只是这里因河面宽，水又滚到北面了，余下南面是极阔的滩，滩中间窝了一处，就成了芦苇生长的潭。芦苇少，反这片芦苇有点稀罕似的，夏秋格外茂盛，里面又栖多种鸟儿，啁啾不息。一种长腿的鹳，尤其怕人，见人就钻进去，胆小得很。人离了，它又出来展示它的长腿，把影子在水面上照，是个臭美的家伙。这一片芦苇，河水哗哗它的，芦苇阒静它的，一在北一在南，近而不扰，互做善邻。在芦苇荡不远处的一面高处，有几户人家，面南住，极向阳。早晚看的都是芦苇荡，鸟在芦苇荡上飞，蝶也纷乱，到开絮花的时候，风把柔丝吹起，在空里旋转舞蹈，弥乱近一个月。

这里有一家，尚迎香和那家的女人好，因都居得不远，也来往方便，两个女人就知交起来。这家女人也是农村里有模样的人，虽身上多了几分肉，显得丰腴，麦色的皮肤，眼睛是最得分的一样，大得让人有点不放心，像厅堂里摆了一件贵重器物，晃眼还有品格，把脸上的精彩占去了大半。她家里这二年就出了点事，使她心情终不得宽亮。尚迎香就常来看她，和她说话，给宽慰。她家出的事就和芦苇荡有关。

她有个女儿，在州城上了师范。学完在离家不远的一个学校教书。州城里有个小伙子和她恋爱，二人好得像成了一块奶糖。小伙子在州城里一个事业单位工作。人也体面，一头乌发，一双大耳朵坠着，看来是个有洪福的小伙子。他常从州城里下来撵①女朋友，这很正常，也是美好的趣事。谁都要在年轻时追一番类似游戏的爱恋对象，追累了也就到结婚火候了。芦苇荡就是他们常会的地方，这里非常适合有浓爱的事在这里发生上演。女孩的母亲偶尔站在院门口下眺，也能看到两人的影子。她不是一直盯，哪有老看女儿和男朋友拉手亲嘴的。她看一眼心醉就回去为他们做饭，哪样拿手做那样。故意把葱花呛得满屋香，让鼻子和日子一样大受这幸福。州河上下的恋爱大致如此，没处去，州河就是好去处。有这风情万种的芦苇，风里摇雨里摇的，恋爱也显得几分陶然。

芦苇荡边上有个木筏子，不常用，远看已经朽了，可还能用。那是哪一年谁弄的，说不清，可一直停在芦苇荡边上，上面常驻足的是鸟儿，其中最会勾引人目的是长腿的鹳。这一片芦苇是不会受惊扰的地方，除过风。被这两个恋爱的人发现了，两人就欢

---

① 撵：陕西方言，跑着追赶的意思，一般用于女生生气了的情景下。

喜地去看筏子，果然能用。二人知道了这个秘密，那小伙子来了就在木筏子那儿等，二人一起划到芦苇荡深处，谁也看不见，里面其实很深，不像半个小时的路程那样浅，而是进去就看不到外面，一方静水，波光粼粼，筏子像水上的蚂蚱。

多好的一对，可就在即将谈婚论嫁时，小伙子家里坚决反对，要小伙子娶个在州城里工作的。他的父亲还追到这里，见二人划着筏子入了芦苇荡，把车停在河边路上，挥拳撸臂地骂，要和儿子斗争到底。就在那年的秋天，小伙子实在没办法，在一个月亮很美的夜里，投到芦苇荡深处的水里，死了。这一下子惊了州河上下，都声讨那个糊涂蛋老子的作为。出了这事，河边这家更是悲切得乱作一团，人家找上门来，讨要人，可这哪里是这个家的错。家里之乱，几近一锅粥。人家来了，只得忍，又实在说不出自家和自家女儿错在哪儿，就陪着流泪，陪着说许多也有用也无用的话。和尚迎香相好的女人本来是个乐观好日子的女人，一时也发蒙，哭啼不止。家里有个老太太，八十多了，她身子骨因此事干枯得有点过分，仿佛身上的水分被一下蒸发了，只余下筋骨，可眼睛依然不饶人地能看到很远。她的家里出了这事，心里痛得像十牛八马踏了一遍，这时她就是哭，一把一把地流泪，干枯的身体里谁知竟还存了不竭的一潭水供她流泪。

原来那小伙子没有死，是二人设的假局。小伙子几天里跑到远处一个姑妈家里躲起来了。突然一日露头，说是被人救了，只是喝了一肚子水，毫毛无损。

尚迎香似乎早看出了有问题，那家姑娘并没有太悲凄的样子，只是扶着奶奶说宽心话，要她不要过于伤心了，把有限的泪水流干了如何是好。

这事出得像六月落雪，给这个家委实来了一场热闹的阴雨，这个家里曾经豆子般欢乐的公主，也狠狠表现了几天蔫头巴脑，像把好好的心情闭了门，把晴朗在她脸上遮了几天而已。

尚迎香忍不住了，问公主到底怎么回事，公主说，"那个夜里，月亮确实很好，我俩在芦苇荡里拉手散步，他和我就一起策划了这个险局，他划着筏子过潭，让我惊呼他跳了水。"公主的母亲是河南人，过后虽事情塌了平静了，可她把死妮子公主狠骂了一回，差点儿要把那个死妮子的鼻子要拧下来撂河里去。

有了这桩事，小伙子又兀然从天而降，活蹦乱跳，小伙子的父亲便把这个天大的教训小心翼翼揣着了，一千个同意，还拿出万倍的喜欢，提着厚礼给这个家道了歉，再提亲。事情当然是皆大欢喜，半年后公主和小伙子结婚了。

在一天里，芦苇荡里有了声音，是那个小伙子——这家的新女婿，引着一个馒头般的男人在芦苇荡边比画一阵，后来他们就带人去割芦苇，是那小伙子他要打席。一群男人像一阵蛮横野风卷过去，挽了裤子，把芦苇割倒又背上一辆车，运走了。仅仅两三天，芦苇荡不存了，耳朵愈来愈笨的这家老奶奶出门一看，吧，谁把芦苇偷走了？她呼着差点跌倒。没了芦苇，河滩里光净了，眼睛把那潭水看得清楚，潭里那个筏子，像个失母的孩子，孤寂如盘子。小伙子果然用芦苇打了不少席，卖了出去。

秋天里，一切该黄的黄了，还没绿的正在准备绿。河里的声消歇的消歇，河里的色该潜隐的潜隐，河水眼见着塌下去，石头露出来了，最浅处支了大石头过河。这些支撑于水里的石头叫列石，紧过列石慢过桥，这经验非常重要。凡过列石的，都是憋了气，小跑着过，脚尖在列石上点着像风，慢过是大错的，非落水不可。若过桥，则要慢，急了易错脚落水。

尚迎香还是常伴着公主的母亲说话，二人在芦苇荡的潭边走，说家常。仰头天上月，低首水里影，竟奇迹般见到潭里有了鸳鸯，有了鸭子。小鸭子把鸳鸯当自己妈妈似的跟着游戏。

这一年深冬，这家的老太太死了。尚迎香把公主认了干女儿。次年的潭里又是非常茂盛的芦苇，满眼绿，尚迎香坐在这个家的门首歇凉时，朝下看，这个家又是另一番新气象了。待芦苇成了的秋天，小伙子却不把芦苇背走了，就在丈人门口的小场里铺开来，五六人一起踏在碌碡上碾芦苇，碾得像面条柔韧一样才好打席。场里在秋天的一个月里，一片白雪，男人的影子和面条似的芦苇绞在一起，把州河边的这里弄热闹了。

翌年，公主怀里有个胖墩墩的儿子。

二十二

　　小东西六岁了，今日他的舅舅来了。在家里和他母亲说话，且中午吃的饺子，小东西吃的很满意。小东西的家面着州河，他从几岁时就跟着父亲跑到州河里。父亲好劳动，担州河水上来浇他种在屋舍前后的菜和花，一步一步地担着河水上台阶，小东西就跟在身后，踏石阶上数台阶，数桶里扑腾出来落在石阶上的水花子。他数台阶能数清，可他数落在石阶上的水花子却永远数不清。到他上到初中，父亲问他数清过没有，他还是嬉笑着说，没有数清过一次。父亲说，有些事情是一辈子弄不清的，弄不清也好，弄清了有啥好的。

　　小东西是个结巴，还结巴得厉害。刚学说话的时候，村里有个二十多岁的结巴成天和他玩，他就学成结巴了。舌头不听使唤，话出来气息还没跟上，就前后断续起来，他愈急愈结巴得厉害。一个老者看小东西说话那样替他着急，就说，"娃啊，你唱着说。"小东西果然唱着说时很好，时间长了还练习得能唱得极好，音儿柔顺，拖腔拖调的，人反夸小东西是个唱戏的料。虽是结巴，可他不是一个软东西。村里和他同龄上学的，谁说他是结巴，他就去打，用拳用脚用指甲，有一次竟把一个女孩子头发扯到手里，被老师罚他站了两天教室门口。他学习还好，即使站在教室门口，他趴在窗台上听着记着，唯怕他有不会的。他每次考试老在前五名，还是个学习好的结巴。

小东西的舅舅是沈十五。小东西今天就是跟着舅舅沾的光，吃了饺子。韭菜馅的，是父亲从集上割的肉。小东西和舅舅沈十五家不是太远，他散了学一个或者和一两个同学一块去，去看舅舅画在石头上的人。他给同学指着介绍，"这这这是——郝郝彩凤，这这个是是是肖肖肖玉玲玲玲。"里面那么多石头上的人物，大部分他记下了。

小东西出去玩了，小东西的父亲从外面进来，推着的自行车后边夹着一捆葱，车头上挂着一个蛇皮袋子，袋子里是白萝卜，萝卜缨子从袋子里冒出来。他把车子停稳，就骂说地里的萝卜被路过的人偷了不少，偷的尽是大的。他家的地在公路边上，到地里常骑车子。他说，"与其被别人偷了，不如拔了回来包包子吃了。"路过的人也不是故意偷，是渴了解渴拔的。邻居女人就说，"就是的，包子里多放葱，用生萝卜丝包，热水里拉了包不好吃。"女人做饭做菜各有各的招数，谁也压不了谁。车子一侧挂着一块烂毡，被小东西母亲看见了，问那是啥，男人说，"拾了一片毡，给狗娃子铺窝。"他们家一直养狗，这次母狗又下了一窝，六个，六个毛球一样乱滚。女人和女人说话时，小狗娃就出来在她们面前滚动，吱吱地叫，还仰头看。有黑白花点的，也有灰色的，还有纯白的。

　　院门外小东西又在和谁骂仗了。农村孩子，像小东西这样的淘气人物，骂仗打架是常事，在血光剑影里成长也有好处。一次用弹弓把一家羊耳朵打坏了，就曾挨过一顿货真价实的辟耳子①，回来也不敢给大人说。

_____

　　①　辟耳子：指打耳刮子。

二十三

女："你来了？今日穿得鲜亮的，和鱼一样。"

男："是吗，哦，吃了吗?"

女："吃了。"

男："吃的啥饭?"

女："稀饭，馍，炒了青菜蘑菇。稀饭熬的时间长，吊线线。你吃不，锅里还有。"

男："我不吃了，我们局中午接待人，我陪着，吃得饱，还喝了两杯酒。"

女："你酒量大吗?"

男："四两差不多吧。"

女："不脸红?"

男："红，不要紧。你看我脸红了吗?"

女："看不出来，不过闻着有点酒气。屋里坐吧。"

男："不在屋里坐，坐在河岸边多好，空气像水洗了一样，还能看到你的宝贝鹅。"

女："那我取凳子，你等着。"

男："不用凳子，就坐石头。这石头光溜着，不比凳子好吗。"

女："我怕把你冰着。"

男："我有那么娇气吗？"

女："你毕竟是局长么。"

男："局长算个啥？州城里科级干部比蚂蚁还多。我这局长还是个副的。"

女："你开的车呢？在树那边停着吗？我咋没看见？"

男："我没开车，坐一个顺车下来的。我现在主要任务就是把你追到手。"

女："别贫嘴了，我又不是姑娘，一个离婚的四十几的女人，按说早是豆腐渣了，你不用这样追。若我是二十七八年纪，你追起来还有劲。"

男："人是对眼的，对了眼，就啥也对，啥也有味道。你是我在州城里对上的，像密码，对上了。"

女："你身边不缺女人的，咋能看上我。"

男："女人千千万，男人也千千万，可在千千万里要彼此找到一个最适合自己的人，难啊。木匠讲究和榫，这和我找对方是一样的道理。"

女："石头冰吧。"

男："不冰。暖热了，呵呵呵。"

女："今年我总觉得天上鸟多了，从早上叫到黑，不累似的。"

男："鸟儿是陪伴你的吗？"

女："这里比城里空气好多了，我今年还没有感冒过。嗓子也舒服。"

男："我看你爱河。"

女："我真爱水。小时我妈就把我放在我舅舅家，她和我爸在西安做生意，后来生意大了，回不来了，我也长大了。我现在和我爸我妈都感觉像个亲戚而已，和我舅舅亲得不得了。"

男："人就是这样，跟谁亲谁。"

女："我舅舅去年得了一场大病，差点走了，那阵你不知道我的心情。我每周回去看他，他无望的眼神，抓着我手，怕我溜走似的。他把我当他的救命神了。"

男："今年好点了吗?"

女："强点了，不过毕竟老了，终有离开的那日。"

男："你从城里下来养鹅，他知道吗?"

女："不知道。"

男："恐怕知道了会骂你的。"

女："我不会让他知道的。"

男："我觉得你还是回州城里，我们也近，我会照顾好你的。"

女："我不想在城里，熙攘得头疼，离开了就不打算回去。我要伴我的鹅，我的那些白云般的小东西在这里生活下去。你不爱鹅吗?"

男："当然爱，那些小东西一只就是一个童话，放在一起，就是童话世界。"

女："今天它们还安然。你看，鹅也是好美的，总把身上洗得洁白如玉。"

男："你也像一只鹅。"

女："我？"

男："你在城里时，男人的眼睛也是疯了，追着你跑。"

女："别糟践我了。我那么有风采吗，一个半老徐娘，能值几钱。"

男："你真的那几年，风采动人，不打扮也是醉人样，我对好打扮的女人不是太在意，反很在意不打扮的。你不打扮就是真实的样子，如树下风，水上舟，自然着美。"

女："看把你说的，我是不会打扮。"

男："好女人就是原汁原味的，掺了东西，有啥味道？"

女："我把身边多少男人得罪了。"

男："那是驱苍蝇。"

女："也是的，有的真的和苍蝇一样，到底想得到啥。"

男："都知道那时候你很难。你男人好赌博，不是个东西，坑了你。到你离开他时，其实很多人心里都替你高兴。"

女："那是个什么鬼，我到如今还没有十分弄明白。"

男："男人一辈子把兴趣沦落到嗜命般的时候，就是自己毁自己的时候了。"

女："他是该死。"

男："毁誉由己。"

女："那几年，是什么日子。他赌博，输了一河滩，我手里没有了一分钱。他输了能睡得像死了，赢了反睡不着，整夜折腾，是兴奋得如何把赢来的钱花出去。他半夜回来，能看出来他的输赢。有时候赢了，他睡不着，就是扫地，扫一百遍，又饥得肚里慌，就自己起来擀面，炒了花生豆吃，把屋里搞得乱响，四邻也不安然。擀面是精身子，妖精一样折腾到肚里饱了再睡。输了那是睡两天都不起来的。你说我过的日子叫啥。"

男："唉。"

女："他父亲死了，他要守孝。可来讨债的人围满了，你说怎么办？他表弟就磕头跪在人家面前，求人家那几天先不要来，等把人埋了再说。埋人的坟上早早去了三个人，是讨债的。讨债的也义气，磕头尽孝一样帮忙埋人。"

男："后来呢?"

女："后来，后来他要不是出车祸死了，也是要给那些人五马分尸的。你想想，他欠了人家二百万，人家怎么饶他。"

男："也是。"

女："他死了，是天意，也解脱了不少人。"

男："你也贴出去不少吧?"

女："我知道他的结局，我早就有了戒心，和他分开。我把积蓄拿出来一些。"

男："你还是回城里吧。"

女："我的鹅我舍得吗？你看看，它们像认识你似的，都过来了。"

男："那红嘴，啄起人也疼吧？"

女："那嘴是不饶人的，像夹子，夹着了皮，能疼死人。"

男："共有多少只了？"

女："五百多。到明年我就有八百只了，我把蛋朝省里卖。"

男："这个水塘也好，刚好离州河几百米，夏天涨水有那个堤坝挡着，不会有问题的。"

女："租这个塘一年一万。"

男："你看看，它们和你多亲的，朝你撒娇一样。"

女："养久了，就是自己的孩子。它们早上醒来，展翅舞蹈的，人也要伸懒腰的。再看阳光从那边过来，刚好打在塘里，鹅们都臭美一会儿，嘎嘎着追玩。你哪天早上来看，美极了。"

男："好，我哪天早早下来看。早了会打扰你的梦。"

女："我醒的比鹅还早，我要坐在外面梳头，再活动活动腰肢，学鹅的动作，我晚上一心口的浊气就发出去了。"

男："还会养生了。"

女："哪天我和鹅一样了，就在河里，你来了我就埋在水里，让你找不到。"

男："你一个人住在这里不害怕吗？"

女："有啥怕的，我有狗。"

男："那我来了狗咋不咬哩？"

女："它知道你是局长么。"

男："嘿嘿嘿，真是胡说八道。"

女："你好像有白头发了。"

男："还不少哩，你给我拔拔吧。"

女："那越拔越多。"

男："你是懒吧?"

女："好，给你拔。你看这根多长，白亮完了。再看这根。"

男："唉，我就爱闻你身上的味儿，尤其你头上的味儿。"

女："我给你下苦拔白头发，你倒偷闻我。"

男："那让我亲一下。"

女："别别别，刚抓住一根，让你搅得不见了。算了，不拔了。"

男："我说啊，你门前的两棵树真不错，给你添了诗意，只是树上挂的不好看。"

女："女人的东西不能挂啊?"

男："谁说不能挂了？只是那东西挂着不雅观，让男人看了心会跑偏了。"

女："你们男人真有意思，啥也有想头。"

男："你看看，像不像倒挂的鹅?"

女："还真有点像。"

男："你屋里挂的你自己那张相去了的好。"

女："为啥要去?"

男："女人相是让男人看的，你这里没有男人，不是白挂了?"

女："我自己看自己有啥不好的。"

男："那如果惹来了狼，色狼，你不是找祸了？"

女："色狼？我把色狼消化了。"

男："你的屋子刚好面河，又向阳，能看到公路上。"

女："风水好吧？"

男："风水不敢说太好，是因为这里住着一个仙女罢了。"

女："仙女不敢说，别情人眼里出西施了。你看看，我穿这件衣服还行吧？"

男："两千多吧？"

女："没有，我哪有那么贵的身子。"

男："我给你从网上买件衣服吧？"

女："舍得？"

男："对你还有舍得不舍的，要我沉水底我都不含糊的。"

女："哎，说说你机关的事么，也让我轻松一点。"

男："好。昨天听一个同事说段子。说一个小孩上幼儿园，他爷爷接送，和他爷爷很好。一天他爷爷在接送路上和娃说话，一问一答。他爷爷问，'你和爷爷好不好？'孩子说，'好'。爷爷问，'那你晚上咋不和爷爷睡呢？'孩子说，'有妈妈在呀，我还是更喜欢妈妈。'爷爷问，'那你昨天晚上为啥睡着又哭起来了？'孩子说，'我想爷爷了。'爷爷问，'你想爷爷就过来和爷爷睡么。'孩子说，'嗯——'（不愿意地哼哼）。"

女："嘎嘎嘎，你们就说这个？"

男:"闲了男人就爱说笑话,调剂神经。"

女:"谁爱听?"

男:"你不爱听吗?"

女:"爱爱爱。"

男:"你过来,看你头发上有片叶子。"

女:"别别别,有人看到了不好。"

男:"亲一口有啥错?谁看?鹅看了也会开心的,并祝你幸福。我想,哪一日我们结婚时,把鹅里的代表也叫上,给我们在现场:'鹅鹅鹅,曲项向天歌。白毛浮绿水,红掌拨清波。'"

二十四

　　我爷一辈子的成绩似乎是盖了一院子房，这事在七十年代初。以前住的，因是贫农，则把村里地主的房"均"了三间。到人口多起来，实在住不下时，摆在爷爷面前的最大的事便是盖房，不能一大家子人挤疙瘩了。

　　父亲少时，村里基本是石板房，到我小时，村里便是瓦房了。社会在进步，居屋也进步。盖房绝非小事，绝非轻而易举。有了盖房的计划，我爷就开始跑州河里了，担州河里石头。我们这里盖房没有不靠州河的，房子地基是石头垒就的，有的墙也是用石头。河里是青石，青石结实，坡上是沙石，久了会糟散成土，用不成。离州河近，实在用石头极为方便。但河里的青石多是光圆了面子的石头，要垒起来也不易，这就得要石匠凿造出个"面头"来，才能用，也算是一种难。我爷不是石匠，可请石匠要掏钱，也要管饭，我爷怎能不算计这一切呢。他就自己动手切石头的面头，把河里的青石担回来，在院子里基本成山了，他就真像石匠一样，腰里塞了脏破的皮围裙，腿上搭着麻袋片子，叮当着造石头的面头。

河里有的是石头，谁家盖房都去河里担。劳力多的家，为了盖房，常家里掌事的带了一家几代人去担石头，一起去一起返。石头在担子两头，担子在肩上咯吱咯吱，排成一溜的风景还是好看的，像有人在指挥他们。州河里的石头也不是取之不竭，盖房用，砌个猪圈牛房也是用石头，石头就也有不宽裕的时候。谁都想担近处的，没有愿出瞎力担远的，这就也有抢石头的事发生。不过抢，就是起早了去圈个方圆，说是我占了，别人便不再去担，笑笑去远点的地方找。抢倒也不常有，河里石头稀缺时，下次涨水来，就又有满河的石头了，大小挤疙瘩，用不完。

州河石头的确普惠着州河两边。盖房用河里的青石，猪槽牛槽也是石头掏挖得的，长条的石头，中间取空，盛水不漏，是猪牛极好的饭碗。木槽也有，在这里很少。生产队里原来喂牛，院里就是几绺子石槽，两头牛用一口石槽，牛拴在石槽旁，像一家一家的邻居着。石槽毕竟结实，不怕牲畜们使坏。即使个别调皮捣蛋，坏了石槽，挨一顿揍，饲养员到次日也会叫石匠再造一个石槽，简单，不用太心疼。石匠也是得几个工分的事。到现在，谁家房前屋后都有长条石头做的猪槽或牛槽，只是不用了，里面积了水，或者里面是土，土里种蒜苗或花什么的，并不显多余，反能勾起过去。

我爷不停地担石头，不停地切石头的面头，他咬定主意盖房。房盖好了，三间瓦房，他担的石头还没用完。因石头有余，屋基础故意砌得高。屋好后，我爷常放眼站在屋前路上给路过的人介绍他的成绩，人家看了屋，就夸赞。他得几句赞语，心里滋润得和坐了府衙一样自得。石头没用完，他还继续担，在他心里他给儿子盖了房，将来孙子也要盖房，石头是万万缺不得的，他要多担些，积蓄下来，像攒钱。我和哥哥是孙子辈里为长的，我爷对于石头的心思是对着我们俩的，那时我们已经跑着上学了，我们俩后面的我爷的孙子有的才堕地吃奶，小得像豆子，他以为还很远。

村子中央一间房子里放的碾子，碾盘子是我爷青年时吆喝人从州河上游的一个沟里抬回来的，那可是当年轰动遐迩的事件。碾磙子是从州河里找得的大石头邀石匠錾的，每户敛了一斗麦。有了碾坊，周遭几个村的人都来碾苞谷、碾麦子、碾谷子、碾辣子，碾坊没有消停过。尤其是过年前的时候，家家要碾辣子，冬风又急，把辣子面吹得满村鼻子打喷嚏。于是这碾坊也算我爷的功绩。

我爷的头下枕的也是石头。我记得他最先枕的木头，嫌木头不硬，就在河里找他能枕的。他跑了不少河滩，找了好几个长条石头，拿回来又洗又磨的，从中挑了一个他满意的，觉得完全够格伺候他脑袋的，是个肉红色的石头。开始他用布包了枕，后来就不用布，光枕石头，把石头枕得乳红而光亮，石头有着他头上浓重气味的光亮。没选上的石头他舍不得扔，放在炕两边，手能摸到，脚下还要蹬住一个。炕下角垫尿壶的是一个圆板石头，上炕时脚下垫的是个长板石头。他居屋里本来狭窄，一节格子柜上放了一堆有用也无用的把戏①外，其余都是石头。

我爷曾说过一样事，我觉得是假，也觉得是真。我爷说，他在五十多岁时，一天下午到河里去浇秧，那时有不少水田秧地，家家都有。他回来迟了，晚上是月亮。他突然听见河滩里有一团乌黑在乱，还叮当叮当响，他心里慌怯了，可也想看明白，就偷偷背在一棵柳树后看，一团乌黑里打得溅火星，火星里还有什么唰唰在落，又看不清是什么东西在打。他愈心里慌怯，浑身冒汗。待歇了打，他腿抖着回去。第二天他去看那片打斗过的河滩，河滩里大石头没有了，取而代之的是一层极小的圆溜的石头，落在一片几丈见阔的圆里。他给村里人说了，村里人有的说是鬼，鬼在争河，要斗。有的说是河里的怪物，趁天黑了河里没人后出来，打一场，是练身手。那一年的稻子几乎没有收成，地里夹着的稗子异常盛，像发凶的妖孽，把大部分秧苗咬死了。第二年吃米，米是真的有问题了，人们都到丹凤下面买，买只够过年能吃上的米，平时就不吃了。

后来我还听说州河里也有这类的事情，晚上打斗，一地碎石。只是时间有长短，大同小异。这事我听十柳铺的齐泰渊说过。不知丹凤下面有无这样的事，我的一个本家婆是丹凤和村的，她的八十多岁的弟弟来看她时，我问了，那弟弟说没听过啊。他每天吃饭要揭了须才能把筷子伸到嘴里的。

---

① 把戏：指家里摆放的小东西。

二十五

紫福寺离州河到底有多远，有的人说有三里，有的人说有五里，其实是八里。沈十五最知道了，他几乎每半个月就要去一次紫福寺，去和一个长相平和卓雅的和尚聊，给他带去一些吃喝。沈十五还知道，州河里即使再热闹，进到那个沟里，多入一步就有一步的清，就有一步的清落下来，浓下来，待走到快近紫福寺时，那清愈发重起来，裤脚也清了，耳根也清了，连自己的目也清得发飘，声也清得水洗了。

紫福寺在州河南边的一个沟里，年代久了，据说在清朝时最是热烈过，来往的人在沟里一串一串的，像走亲戚。有的就在沟里搭了帐篷住着，饮涧水，吃山果，为的是在那里磕个头，许了愿再走。紫福寺面朝东南，在一片高耸平处，三围环合，主殿不大，上去的台阶却像要延到天上去，故意惑人进天宫的意思。寺门口常年集云，到早上和尚清扫门口时根本看不见人影。下午五时左右就又被烟云围合了。天下寺庙没有不种松柏的，紫福寺也不脱俗，松是没有，柏是稠得拥挤了，几个还交颈起来，让年轻的和尚悬了绳作秋千用。这里看不出有什么佛教的深奥来，只看到的是日子，只是阒静得出奇。

沈十五和紫福寺里的一个和尚友好，常来常往，并不稀奇。谁知其意在静雪，静雪是寺里仅有的三个尼姑之一。一个老尼，另一个则太小，有十多岁，还是孩子。静雪已经快四十了，是个熟透了的尼姑，人又长得清白如玉，眉目如画，且学识不浅，论书谈道，反超乎一般。她大概有过家庭，或许受过挫折，想沉淀在草野间，就削了发，归薮此道，忘了身世，打发余生。她的出世一直是紫福寺里的谜面，没有谜底。

沈十五在"野人"家里认识的静雪。

紫福寺那个沟里只有一家人，就是靠采药为生的野人。野人是人们给他起的外号，真实名字都不知道。他家虽和紫福寺为邻，也有几里路。野人从小父母没了，他是奶奶养大的。没有念过书，在山里认识万种药草，奶奶就是个懂医的人，教了他无数的偏方医术。他采药，也跑较远的地方给人看病。沈十五和野人是朋友，常来野人家里。在野人家里偶尔见了静雪，沈十五就一眼中了邪，把静雪收到心里去。那天是个大中午，清和着天，静雪从紫福寺来野人家里是求野人的奶奶诊脉的。她觉得近来心慌意乱，坐不静言不沉，总是失眠多梦。她一身灰蓝色的袍服，眉眼实在藏不过的清秀。沈十五虽不是猎艳的人，可当时这个女人的朴素反释放了五谷香气一般，迷住了沈十五。静雪让野人奶奶把了脉，沈十五也让野人奶奶把了脉。没有开什么方子，奶奶只是眼眯着让静雪听溪音，让沈十五抚胸饮白水，别无他话。

沈十五自此忘不了静雪。为了能和静雪常见面，他就和寺里的那个年轻和尚交上了朋友，好有去见静雪的机会。果然他每次去寺里，静雪像空气里的香，总能碰到他的高鼻子上。

今天沈十五来野人家里，带了一瓶酒，提了两样凉菜。他要和野人斟酌一番，也叫上了那个温和和尚，待酒后他会以送和尚为名再去寺里的。

酒喝的有点意思了，沈十五话多起来，像熬到时候的稀饭，自会稠得吊线。

沈十五问野人，"奶奶呢?"

野人说，"奶奶出门了。"

沈十五问，"多长时间了?"

野人说，"半个月了。"

温和和尚不问也不答，只低头抿嘴唇。

沈十五知道野人家里这个奶奶既通阳间又通阴间。第一次野人找不到奶奶时，他去了紫福寺里找，没有。他去了更远处找，没有。待过了快一个月时，奶奶回来了，九十多岁的人了，气色好看，像去哪儿洗了一场大澡归来，手脚反利落了不少，再不倚杖行走了。野人问奶奶，奶奶说，"我去了阴间，见了不少人，其实是鬼。那里黑咕隆咚的，脚下湿，我扯了一把阎王爷胡子，说有个孙子在人间为善，我要回去给孙子做饭。我就回来了。"奶奶这番话把野人说得心里冷飕飕。奶奶说，"真的，是阴间。"她说她熟了，能出能入，谁也把她挡不住。自此，奶奶就两头跑，凡间阴间一样趁心意的待。

沈十五又问，"奶奶快回来了吧?"

野人说，"不知道。"

和尚这时看着将要落去的日，说，"奶奶是这个。"他拃起大拇指。

山月很快就起来了，把三个人的夜拉了下来。野人给三人一人打了一碗荷包蛋吃了。荷包蛋在肚里还没消化，夜就铺塌下来了。他们没有点灯，山里没有电，野人和寺里一样用蜡烛。

近子时，门外远处一注灯，飘飘忽忽在蜿蜒的小路上动，稍近了看，是灯笼。三人已醉眼蒙眬，待灯笼在门口亮时，仰头看，野人才喊，是奶奶。沈十五和和尚大惊失色，夜色和灯笼照亮了奶奶，银发银面银眼，双目如炉。她看了今日之情景，依然拿出平日里的温语说，"孩子，都别醉了。"话轻柔得似绸丝。这奶奶不是精瘦的人，她是一个丰富身子的奶奶，绝对是人们夸赞的那种福态。

沈十五看奶奶的灯笼，灯笼是沟外村里年节时童子们提着玩耍的灯笼，油纸蒙的，竹篾作骨，灯笼外面写着红红的两个福字，被灯焰映得愈发红。

温和和尚问，"奶奶，这灯笼哪里来的?"

奶奶说，"借的。"

二十六

　　磨子洼一个土院子里有个男人正跳起来骂老天爷，他的儿子从河桥上跌下来了，正在医院里，他没有钱，愁着借钱。他朝天上骂，"就说我是遭了啥孽了？为啥要害我？为啥要我的儿子从桥上跌下去腿坏了？今天红日头宽天的，我就是要骂你老天爷，我骂了你计较也罢，不计较也罢，我就骂了。就说我一辈子没亏过人，为啥害我？"

　　骂老天爷的男人是夜村镇邱顺舟的妻哥。邱顺舟知道了，拿了五千块钱去看。邱顺舟妻哥在院子里口溅白沫又把娃从吊桥上跌下去的经过絮叨了一遍，末句又是骂老天爷，又是"我又没做坏事啊"的话。邱顺舟挡住妻哥，不要让他说那些老天爷听不到耳朵里的话，妻哥反强调说，"就是啊，你说我做什么了？唵？"邱顺舟妻哥真是老实人，个子不高，老实，不多话也不会说话，说出来的话就是木橛子一样，老在寻墙要钉上去。他有三个娃，前面两个是女娃，他为了生个男娃，就东躲西藏的。那时计划生育紧，动辄是上房揭瓦的，他又担心后面的也是女娃，就咬牙切齿地要，想着果是女娃了就再不想男娃的事了，只说自己命里无儿。

可到了生下来，带把子的，他喜了，心里哗啦一滩子铺塌开来。娃在护士怀里抱着，他却一时腿软倒地昏迷了，把护士吓了一跳。他从医院出来用共用电话给村里一个代销店打电话给他母亲传话时，他朝电话里说，"争气了，你给我妈说，就说带把的。"电话里没听清他是谁，问他是谁，他说，"是我你都听不出来了，瞎忑，我是瞎忑。"

邱顺舟给了钱要走，他妻哥硬留着吃饭，就把前天蒸的地软包子①热后吃了。等邱顺舟走后，瞎忑吃的包子在肚里作祟，他就跑到自己地里解决问题。刚好那里也能避人眼，就拉了一堆，苍蝇早候在那里，他蹲着看天上，天上没有什么，他起来后苍蝇就一哄而上。他实在对苍蝇这种东西仇视得厉害，就看到地边上有个倒扣的瓷碗，他疑心是上面一家人在地里清理石头时把碗扔下来的，他对此小事也仇恨，但这时主要是对苍蝇，他就拾起碗，朝便物一个扣，正巧扣个严合，他喜的是自己真有两下子水平，刚扣下去碗背面上就立了几只急哄哄的苍蝇。

在磨子洼对面的河上有座吊桥，是通到河那边清义村的。这吊桥搭了五六年了，是两边各一个巨礅子，拉多条钢丝过去，桥面上铺着木板子，像红军当年走过的泸定桥，水里没有柱子，这样子走在桥上桥就摇荡。能过架子车，拖拉机则不能过。这摇荡的悬桥，虽给州河两边有了大便利，然最大的乐在两边过河的孩

---

① 地软包子：西北的一种小吃，馅是地木耳为主的素馅。

子身上，孩子们都在桥上要极乐一阵再走，这是造桥者万没有想到的。孩子们是把桥作为巨号的秋千看的，一边上去几个孩子，另一边则趁机要使出浑身的劲去摇荡桥，最好把桥摇到空里转圈着玩，使对方过桥的人吓得蹲着或者惊呼起来，若是被骂了，那乐则更上一层楼。在这些孩子们眼里根本没有危险可言。有的大人过，也会遭遇这些淘气者的摇荡，大人也有骂出口的，比如"这些狼不吃的娃"，愈骂愈得激烈的摇荡。孩子们并不以为大人的骂是恼火，以为是与之嬉戏。

瞎忑的孩子就是这样被摇荡下去的，在场的人都看见，说是一群学生双方比赛，那天把悬桥荡成了簸箕，瞎忑的孩子就是被簸箕样的桥煽出去的。本应直接落在水里，可水里刚好在走几头牛，他就落在牛背上，再掉到水里的，一条腿恰摔在了水里的一块石头上。瞎忑孩子的落水，标志着这场游戏的结束，列为一边的几个孩子便奔回去喊瞎忑，另一边的孩子则鸟兽散，他们跑远了，桥还在空里停不了的晃荡。

第二大学校也知道了，于是乎原来比赛的两边的人各站了一排，休了两节课，作为惩戒。检讨一人一份，字迹要工整，有一个错别字就要受班长在头顶上弹个嘣，这是学校历来实行的对微小错误的惩戒手法。班长虽弹嘣有术，经验丰富，可弹后要遭骂，因此他弹嘣也是小心翼翼，尽量不得罪同学为善。

瞎忑刚从自家地里提裤子下到院里，听到州河滩下边是零星锣声，他知道是自己村的锣鼓队给对面村里热闹回来了。本来瞎忑也是锣鼓队的，去时叫了他，他心里因娃的事懋乱，就没有去。乱声里有人从低处朝上边喊，"瞎忑瞎忑"，他就应声了。

村里的锣鼓队是可以出村接活的，就是给哪个村热闹一回，人家给管饭后还给几条烟几瓶酒，或者再给几百元，大家分。为的是热闹，也为的是别人热闹。一辈子无非是自己热闹了，再把别人搞热闹了，上下左右一团热闹，热闹罢再死而无憾。瞎忑去年跟着锣鼓队出村搞了几次，也得了几样东西，挣钱却没有落下多少。不过给自己父亲做寿材待客的烟全是他挣得的，没有买一盒，这好歹也是实惠。

下面河里那个人继续喊瞎忑瞎忑的，瞎忑就朝下边说，"下来了下来了。"他朝河里跑。下坡土路，曲曲弯弯，他跑得像弹簧夹子。是两个人坐在州河边上打赌，一堆人看着作证，瞎忑在锣鼓队是个硬棒人，那个喊瞎忑的男人觉得有瞎忑当面作证也好。打赌是一个要一个喝八锣的河水，喝完了，另一个就把挣得的五盒烟给他。愿喝水的那个以为是个小便宜，随便就能多挣几盒烟，况且喝水是他的强处，不费半点事情。但看到自己手里的大锣，心里又没底，怕输了面子不好看，就犹豫起来。瞎忑到后，指着愿喝水地说，"喝么，这算个球。"愿喝水的那个就来了勇气，说，"让我先喝三下试试。"大家同意。他就蹲在河边一连喝了三铜锣的水，摸摸肚子，想到还有八锣的水，就服输说，"我不行了，还有八下，那我不是肚子撑破了。"他输了，大家一致认为他这男人怂。他说，"怂就怂，我不是没怂过。"这赌结束了，又一起朝回走，手里的锣鼓零星响着，也到快落霞时，他们一群人即将各自到家进屋，今天的事就要完结了。

到路过瞎忑院子口时，那个愿喝水打赌的拉住瞎忑的袖子说，"我不试着喝那三下的话，我能喝完的，我试了就占了肚子，真瓜怂。"瞎忑这时心里也觉得那人有点瓜怂，自己心里也才亮了个缝。他给愿喝水那个说，"就是的，你能赢的事反输了。"

二十七

棣花的莲菜是十三眼的。

该往州河下面说了，州河从商州下到丹凤，第一个站就是棣花。棣花出莲菜。州河到那里一味滚到南去，空了北边，北边就筑了堤，防水过来漫淹，里面就成了很大的水塘，正是长莲菜的好地方。水塘不是谁家的，那是大家的，村里集中管理，到收莲菜时，村干部一吆喝，家家都去人挖莲菜。男人下田，女人帮手，都在水田里。挖得多少称斤给报酬，莲菜出来了批发给卖莲菜的，村里收钱。水田里那时人不断，水田里满是热闹喜欢。

夏天时候，荷花点缀水塘染得一片粉白，蜻蜓蝴蝶翻飞，孩子们常站在水塘边用弹弓瞄打蜻蜓蝴蝶，可就是打不住。这水塘荷地，是上下唯一产莲菜的。因之到了年节前夕，上棣花街多是买莲菜，十三眼的，比九眼的好吃多了。可到底好吃在哪儿，又都说不清，偏都说十三眼的好。既然好了，价钱就贵点，贵了也有人买，图的就是棣花莲菜，像买名牌。

夜村离棣花一步遥，夜村没有，棣花的下面几个地方也是一步遥，也是没有。在年节时的棣花镇集上，街上几个铺面前把莲菜堆得像山，故意带上黑泥在上面，不让洗净，显得新从泥里掏的。长莲菜像极了磨棍，买了提在手里，从公路上回去，远看这里的人似乎个个是武林汉，可用那打人实在不堪重用。有人在路上和他人有了纠缠，一时性起，对打起来，莲菜只是脆骨般一阵响，成了短节子，飞珠溅玉，极阔极远，打得没有丝毫效果。

莲菜另一大用是在孩子结婚当日，去接新媳妇，男家要由陪公（伴郎）提了一根极长的莲菜，意喻人品清白，后代能枝繁叶茂，家族中人心里通明不糊涂。这个讲究很硬，必须照办。如在没有莲菜的季节里结婚，这实在有点难，但也高低减不得这个程序，要指派人到远处去买，贵多少也要提买回来的。关乎子孙万代的事，谁家也担待不起，只有照章办事。也有棣花街上的人，故意有心，把长棍般的莲菜存起来，埋在泥里，等结婚人家来买，落个好价，他们说比银行里存钱利息好多了。我的一个堂弟结婚就是这样得来的莲菜。

棣花还因为出了贾平凹，使棣花的声名鹊起。棣花经打造后，迟早凡来棣花游玩的人，都是知识人，即使不是完全的知识人，也是爱看书懂点文学的，知道贾平凹是名满天下的作家。如下说棣花，有贾平凹这个人物和没有贾平凹这个人物绝对不一样。过去几十年前说棣花，过去是就棣花说棣花，现在是就棣花说平凹。这里在外工作的人，遇着人说去棣花游了，都说是奔着贾平凹去的，没有谁掏钱烧油的奔着知道棣花这个州河边的小镇子去的。也因了贾平凹，棣花现在来人都来头大，写文章的，摄影的，搞研究的，来时先和市上文化部门打了招呼，一堆一串的，看了这里看那里，把棣花街上的角角落落都看遍，都以神奇的眼光看普通的草，以为这里的草也因了贾平凹，长得多么的青翠可爱。棣花过去的遗存，二郎庙、戏楼、泉子等，过去是这样，现在还是这样，但来人看了总觉得是实在不一般，应该出大人物，就应验在贾平凹身上。至于明清街，我们小时也常去棣花玩，根本不知道有个明清街。我的村子离棣花仅四五里路，若上集，棣花近，夜村反而远，于是就去棣花。虽都在河南要过桥或涉水去，然棣花是朝下走，夜村是朝上走，去棣花的次数远远比去夜村的次数多。

在我上初中时，贾平凹那时刚在全国获了短篇小说奖，他的名气开始朝起飞。我和几个同学在夏天的热烘里，穿的背心，去了棣花看贾平凹家里，是个没有啥看头的普通房子，房门锁着。我们几个从门缝里朝里看，黑里看到堂中板柜上立着一块相框，一个同学可能来过，说那是贾平凹和国家大人物照的相。还说贾平凹站在人堆里的边上，个子矮，不注意看还看不见。后来我和另一个同学又去了他家，看了那个框子，房里黑乎乎，框子也不明亮，前一排中央坐的那个人我同学指着说是华国锋。我看和报上的样子差不多，一下子觉得这个框子值钱得了不得。

框子边放着一个香炉，香炉豁了一个口。香炉旁是火柴盒，火柴盒上有"为人民服务"的红字，字是毛主席写的，我家也有那样字的火柴盒。香炉一边还有一个已经发黑的木盒子，本来是红色的，时间长了就发黑，多数家里都有这样的木盒子，是放记工本或者掏耳朵的勺子或者其他用处不大的小东西。这种木盒子有的家放在枕头边，有的家放在泥墙窑窝里，有的家放在架板上。他家放在柜盖上香炉旁，和我家放的地方一样。看了也就看了，并没有给人显摆，一个孩子，最在意的是那个镜框，至于镜框里的其他意义还没有在我的心里成形。

在如下的棣花人物里，要说说刘高兴，刘高兴算是沾贾平凹光的人。贾平凹长篇小说《高兴》里主人公刘高兴以他为原型，小说火了，人就要追问原型是谁，刘高兴就浮出来，其实是《高兴》把刘高兴孵出来的。他和贾平凹既是同学又是邻居，贾平凹每次回来都要见他，让他那张大嘴聊村事家事周围事，他聊的多半成了贾平凹作品里的人事。刘高兴没想到自己能火，且火的没有理由，人们把他从作品里拎出来看，他也就光明正大地出来让大家看。曾在凤凰卫视采访他时，他一副宽嘴，任其浪聊，说得屏下人多数笑了。他说他比平凹长得好看，在学校时比平凹学习好，大家都挑他串联①，没有挑上平凹，平凹还曾唾他。他说以后平凹是撺上好时候了，他俩就像两片瓷砖，平凹那片贴到客厅了，他那片贴到厕所了，他没办法。他现在凭《高兴》一书，真有点高兴了。每天来棣花的人，都想见见刘高兴，刘高兴在家也是大门敞开，接待游客，来了就买小说《高兴》，他把《高兴》还翻开

---

① 挑他串联：陕北方言，表示找他玩的意思。串：逛。

让来人看里面写他光亮的一面。那次我去时，却无意翻开《高兴》一章，首句却是"高兴从此有了正常的性生活"，让面前这个黑高个子，咧咧着嘴的高兴看，他不好意思笑着说，"这是平凹喔瞎怂糟蹋人哩。"他现在在家里写字卖，一副几百。字如其人，刘高兴的字也是黑黑的高个子字。我那次写了四个字"永远高兴"。我给刘高兴说，"你裱了挂起来。我是咱们跟前人。你认识谁谁谁吗？那是我表姐。"他说，"房挨房。"刘高兴的日子如何且不论，仅刘高兴那个喜乐劲儿，谁去见了都会一起高兴。

州河把棣花绕做个半弧，咋看像个龟背，有的人说此地风水有说法。不过棣花的河对面半坡上有个亭子，悬着一样，精致像个头上的银簪。我并没有去过，过河去看的人少，偏又立在那里，对视着棣花。对面沟里出来的人是背背篓上棣花集的人，从亭子旁走过，连看一眼亭子的想法也没有，只顾走路。买了东西又从那里进去，过自己的日子，那亭子的用处他们一点也没到心里去过。

随后的几十年里，贾平凹不同以往了，大红大紫起来，如皓月星辰。他住在了省城，回来的次数不多了。在这里，学校里论孩子有出息是否时，开始用贾平凹的名字来说事了。可依然有不少人认为他写的并不好，只是命好，见了贵人，才出息得惊天动地。

在州河上下，不能说贾平凹的影响到十成，但不知道贾平凹名字的几乎没有，其六七成榜样的作用还是有的。在贾平凹出名前这里人就多爱写文章，出了贾平凹后，人们更爱写了，嘴上离不了贾平凹，行动上也要赶贾平凹。在棣花街道西边的一家人，女人就曾是文学爱好者，嫁了男人，她不丢文学，生了娃也不丢文学。贾平凹回来她想去看，男人又挡着不让去看，她在心里说，"不看就不看，看了能把贾平凹的鬼气才华借来吗？"她不去看，一次竟在街道里碰着了，贾平凹和她说话，还问了他男人是谁，贾平凹说，"那是我堂弟的妻弟的表弟。"她写散文，让贾平凹给看看，贾平凹说，"我忙得很，顾不上。"一股风滚来把贾平凹头上的毛吹得立起来了，不好看，她给平凹说，"你把头上的毛压压。"平凹就把头上的毛压了压。

在我的村里，也有一个男人，快五十了，日子过得快要散伙了，可就是死活爱文学，看小说写小说。媳妇一见他写就恨死了，他就是那个不要脸样子一意要写，他的道理是，平凹如果不坚持着写，他可能终了还是种地的。这个人把地里活儿也当事也不当事，把自己当作家时，就觉得地里不是他应该出力流汗的地方，他应该坐在办公室写小说，国家给他发工资，他嘴里叼烟，桌上泡茶，可有时也把自己摆在农民的位子上，觉得地里就是自己的岗位，苞谷穗子大是他的成绩，谷穗子长是他的成绩。他不干活儿，自己吃啥，婆娘娃吃啥。

我到过他家。那次桌上的红薯稀饭都快冷了，婆娘呼他赶紧吃，吃了到地里去，他竟一股子气上来躁了，骂婆娘，"喊叫怂哩，没见我写吗？让我把这几行写了行不行？"他喊着骂，"一个作家放在你屋里，迟早毁灭了。"他是在写小说，趴在瓮盖上写，他趴在炕沿上枕头上猪圈墙上写也是常事。我每次回去，他是第一个造访我的，拿着厚厚的小说，让我看。我洗了手坐下来，第一件事就是看他的小说，他给我递烟，要给我买肉包饺子，说婆娘包饺子还是拿手的。我看了他不少小说，按他现在的水平，他入市作协是没有问题的。婆娘为了不让他写，好好挣钱过日子，找过村长，村长去看了，只是笑，反拿平凹给婆娘做工作，让婆娘不要管，以后说不定自己男人成了大人物，出入都是人争着扶，钱从马眼①窟窿朝出流。我问他，"你找过平凹没有"，他说，"没找到，我找过刘高兴，刘高兴看了我的小说，把我夸得我都不好意思了，他伸长气，说把我这个人才可惜了。他说，下次等平凹回来了，他引荐平凹认识我。可等了多半年，刘高兴也没有给我回信。"

从会雨沟出来的北宽坪的阴阳先生王祥治就是写诗的，还是当地较有名气的诗人。堪舆者兼诗人，可见王祥治的才华不一般。他在看坟地时，是诗意地看还是现实地看，谁也摸不清王祥治的心是怎么长的。

我小时就曾认真数过棣花的莲菜眼，都是十三个。大人就叮咛，买莲菜就买棣花的十三眼，好吃。结果十三眼莲菜的棣花真的在商州非凡起来了，但莲菜是其次的原因，真正的原因是出神出仙了。

---

①　马眼：商州土屋侧墙上半中间开的方孔形透气口，叫马眼。

二十八

　　十柳镇尚得正的老婆、尚迎香的奶奶是棣花街道东头的人。从棣花镇嫁到十柳镇,怎么样接亲都不算远。某年,棣花街上在过了年快到正月十五的时候,跑社火,尚得正去看了。棣花的社火上下有名,没停过,即使战火纷飞的年岁,棣花的社火也是如常着耍。看社火的人就说,"耍耍耍,土匪不也过年图热闹看吗?"有人就真在人群里看见过土匪,穿的和众人一样,只是腰里别有东西,看的也是如痴如醉。尚得正见的那个土匪留着两撇胡子,呼啦地穿着黑绸裤。这样的人在土匪堆里也不粗来,待过了吉祥的年才会再做匪,匪也有规矩。

　　尚得正当时就在人堆里看,那年他十七岁。他看见一个社火芯子上坐着个十来岁的姑娘,扮织女,她的对面芯子上坐着一个男孩,自然是牛郎了。这扮织女的姑娘,被描画了脸面,眉是眉,眼是眼,嘴是嘴,眉眼活泛着发亮,俊得有点让人心疼。她在冷空里并不怕,大人们把他们从街东头抬到街西头,再抬着到附近几个村子里转,织女都眉眼浅喜着。尚得正把那座社火朵子跟前跟后看到了底,眼睛没离开过织女。等社火在下午三点多结束时,已天冷开来，毕竟还在四九末，尚得正离开棣花回去时，他已经问明了那个织女的家在哪儿，她的父亲叫雷永田。尚得正决定回去让大人来这里提亲。尚得正祖上就有铺子，家世上乘，在州河上下论亲迎娶这些事情上还是有大自由的，不用担心钱的问题。

事情成了。娶到家里果然那女子有样子有情致，又温柔，又有大家闺秀的范儿，学得女红也是不差的。尚得正从此安了家便安了心。棣花街的雷家虽不富裕，可几代不缺家教，为人正，不作歪。这女子的哥哥曾在棣花那里俘获过从河南上来一个拿枪的，小有名气，在棣花地面上没人敢欺负雷家。后来女子的哥哥，就是后来尚得正的妻哥跟了徐海东，到延安干事，后在省城军分区里做的官不小。

尚迎香小时是常跟着奶奶遨娘家的，她一个洋气白净的女娃娃，在棣花街道里玩，老有不少眼睛盯着她，问她是谁家的女子，说了她奶奶名字才知道是雷家的外孙女。

我听尚迎香说他爷爷尚得正的事，是在周天门家里。

尚得正年少时也是轻狂之人，因家道好，手头宽裕，娶的媳妇又端正温顺，他就和媳妇好得分不开似的，常伴着媳妇回娘家。从十柳镇到棣花也有近百十里路遨娘家多有一些仪式感，他就雇马车，常常是晨光里动身，到棣花已是黄昏，住一夜，第二天算是正式的媳妇遨娘家。从第二天开始，小两口在棣花周边转着游，常住几天，回去时又是雇马车回去。棣花街道的人都认识了这个能医又长相排场的雷家女婿。

一次尚得正和媳妇饭后到州河滩里转，因在乱世末途，那时总在河滩高处有一些讨饭的搭了棚子住，有的是外地人，住起来好就近讨饭求生。他们面前果然有三个棚子，并不相挨，离开着有几百米。是个夏日的午后，河里清静，热在慢慢消沉着，一半的河滩已经遮去了太阳。从棣花北边大路上跑过去三匹马，马上爬着人，尚得正听了声不对，就和媳妇躲在大树后看，他说，"是土匪。"媳妇吓得缩了半个身子。三匹马跑远了，没有停。土匪知道河滩里住棚子的是讨饭人，也不会对讨饭的起贼心。过去后，尚得正两口子就安了心地在河滩里踏着石头探寻般的玩。

二十九

　　水车已经几乎看不到了，但在清朱村的边上还有一个，快朽了，不能转，竖在那里。上面悬的一个小桶里竟长了一棵高粱苗，青葱得像个站高的女子。住在旁边房子里的大榜也奇怪，一个老碗大小的木桶里面竟能长那么高大的高粱。这架水车过去出了力，为村里浇了不少地，没有饿死人。原来州河上下有不少这样的水车，后来不知怎么就纷纷不见了，不是水车老朽被拆了，就是嫌它占地方挪走了。清朱村的这架差不多成了州河上下难得的遗物，它周边的水也改了道，没有哗水声，寂静起来，仿佛人老了的身边，声响自然少多了。

　　大榜住在水车旁的房子里，那房子自然是村里的，他是临时住。他的房子让给了儿子住。他原来和儿子儿媳住在一起，可住着住着觉得住不在一块，总有一些问题使他不开颜，又说不得。老伴死了就他一个人，啥也好将就，他就给村里干部说了说，要下那间水车边的房子，收拾了算是借给自己住。一个人住着好多了，觉得身子也宽爽了，愿意怎么住就怎么住，愿意怎样出入就怎样出入。水车就在房子的面前，从村里高处能看到他把洗的衣

159

服搭在水车上。他住在水车前也就这一样方便，不用在树枝上搭衣也不用在树间横一根铁丝挂衣，直接挂在水车上，衣服占不完。

今天他拔了一把韭菜，准备自己包饺子。昨天磨子洼的瞎忑说过来，等瞎忑过来了一起包了吃。瞎忑是他最好的朋友，本村没有和他来往的，他独和瞎忑好。韭菜豆腐再搅上一点前几天猪板油炼油留下的油渣子，这馅子应该很好吃。他把面已经擓下了，在醒着。一会儿瞎忑真从河里过来了，一手提了一捆葱，一手提着一双鞋，一摇一摆，到房子前才把鞋撂在地上，光脚踏过来的水印子到房子跟前已差不多看不见了。葱是瞎忑地里的，做豆腐的离大榜也不远。瞎忑进门把鼻子一凑，说，"我咋闻着香乎乎的？"大榜说，"我炼过油，猪板油。"瞎忑说，"怪不得的。不是说腥油①不敢多吃吗？"大榜说，"谁说的？"瞎忑说，"专家说的。"大榜说，"猪腥油吃着香，管他东说西说。活多少算个够哩。我就爱吃腥油，炒菜放一点，就是香。下一碗黏面，抄一疙瘩腥油，你吃吃，就是香。"

大榜和瞎忑二人相差十岁，大榜大，二人还带了点远亲，论起来是八竿子打不着的远亲。但辈分若细究，大榜却应该叫瞎忑叔，可大榜大，平时从没叫个啥，看来绝对是兄弟的样子。包好了饺子煮了就吃。调和水却少了盐，只有醋辣子和味精，上面漂一些韭菜花子。昨天大榜说要买盐，竟忘净了。大榜说，"没了盐

---

① 腥油：猪油的陕西说法。

凑合吧。"瞎忐也说,"凑合就凑合吧。"男人过日子就那么简单。只是缺了盐,满口酸,把饺子的香味儿也遮挡了,瞎忐干脆不要辣子调和水吃。

村里没有一天安静过,不是这家有什么事就是那家有什么事,大家去帮忙,去热闹,一起吃饭。磨子洼今天反安宁着,因为住的人少,并不是天天有事。清朱村今天就是村长给父亲过寿,大家都要去的,大榜肯定也要去,去时已经听到远处有鞭炮响了。瞎忐说,"那你今天行门户还在自己屋里吃?"大榜说,"你过来么,陪你吃了,一会儿我过去再吃一碗烩萝卜就行了。"大榜吃了,抹了一把嘴,问瞎忐说,"我去拿啥呀?"瞎忐说,"不都是钱么,二十块钱么,你还拿啥?"大榜说,"我再提个鸭子去,毕竟村长答应借我了这间房子,我要落人家人情哩。"

大榜房子的西边有一潭死水,大榜就养了三十几只鸭子,村里就他一人养鸭子。鸭子长得快,在他最缺钱时,他提一两只到集上卖了,落几个钱花销。缺的鸭子到第二年再补充回来,因此他的鸭子始终是三十几只,不多不少。鸭蛋他是不卖的,自己吃得少,多半送到儿子那里给孙子吃,虽然儿媳妇给他的脸色难看,可他是给孙子吃,孙子总是亲的,没有哪一天那个豆子般的孙子不在他心里蹦跳的。鸭子也是孩子脾气,和他相处惯了,就没大没小,几只特别调皮,常跑到他的屋里叼了东西乱弃,于是他的袜子、鞋垫、裤子、勺子、筷子、钥匙、打火机等,凡鸭子能叼动的,他不一定找得到,屋里没有了,他就在屋前屋后找,有找到的也有找不到的。若真找不到，他就站在潭水边朝水里的鸭子训话，挺立得像个将军，吼着喊，"我的东西哪里去了？快说，哪里去了？"自然是白说，鸭子自得地梳洗自己。大榜没有办法，走开时吓唬它们，我迟早会杀了你们吃。虽这样吓唬，他心里知道，鸭子是他的小钱库，他是不会杀了它们的。

大榜去村长家果然提了一只鸭子。

大榜从村长家里回来，他只吃了几筷子肉，肚子不饥。刚走到自家门口，瞎忐扑踏扑踏从河里又过来了，他两手掬着啥，嘻嘻朝着水车这里走。到跟前了才说是他刚才爬到半崖上的洞里拾了十几颗鸟蛋，他掬给大榜看，果然是指甲盖大的鸟蛋。瞎忐把鸟蛋放到大榜案板上，不小心两颗就滚落下来烂了，两只鸭子奔去抢吃地上稀黄一滩的东西。瞎忐说，"这炒的吃美得很。"大榜客气说，"你拿回去吃，我有鸭蛋都吃不完还吃那么小的。"瞎忐说，"大蛋有大蛋的味道，小蛋有小蛋的味道么。"大榜问，"那几个洞里还有吗？我住的这么近的还不知道那里有鸟蛋。瞎忐说，难上得很，你不要去。"

大榜住的河对面是一堵红崖，红崖高处有不少不知什么时候凿得的方洞。有说是过去多土匪，为了躲，土匪来了就把人从崖下用绳子拉上去，里面有粮食，住十天半月没问题的。土匪即使看到崖洞里有煤油灯亮，也是没办法。

大榜和瞎忐二人在一起，有事也没事。有时摸了鱼一起吃，有时又捉了鳖，一起吃，多是在嘴上打撕搅①的事。正是热天，瞎忞家里实在没事，地里也闲着没事。他在大榜这里迟迟慢慢着不走，想等太阳落去，凉下来了再过河回去。二人在一起也没多少话，有一句没一句的，大榜不用照顾瞎忞，瞎忞自会立久了寻凳子坐，坐烦了又自己起来去潭边逗鸭子。二人喝水用碗，没有茶叶，也不买茶叶，白瓷碗里是黑锅烧的白煎水，渴了就喝。水边有蚊子，只一个蒲扇，一个拿了另一个就手里拔根草拿着摔蚊子。常常二人在月亮升起了还在一起，今天的黑竟不知不觉落下来，瞎忞觉得快。

这时，从夜色模糊里，水车那边下来一个人，听声音像是女人。愈走愈近，大榜看清了，低声说，"是村长儿媳妇，可能又是在河里洗澡吧。"瞎忞问，"洗澡？"瞎忞住在州河高处，能看全州河，可还没有看过女人洗澡。他先一个愕然。大榜说，"那女人夏天常洗澡。"瞎忞说，"你看过？"大榜说，"你胡说啥？我都五十多了，得了孙子，我能干那事吗？把你那嘴捏合了。"二人虽吵着嘴，但从屋里已经出来了，立在一堆石头后朝那女人的方向看。女人唧唧嘤嘤着下，朝河里走，走过柳树边，再朝水边去。大榜说，"你看去，我回呀。"大榜回屋里了。瞎忞一个立在那里盯死了看，只是月色发灰，虽看不清，可那边已经有了撩水的响声。大榜这时反偷偷从屋里窗子口朝外看。他也看不清什么，模糊里是

---

① 打撕搅：指在某个地方多考虑多照顾的意思。

一个人样子在河里弯扭着动，宛如妖。瞎怎觉得自己独享不好，就朝屋里喊，"出来吧出来吧，一起看。"大榜把头赶紧缩回去，以为瞎怎看见他偷看了。瞎怎又喊，"出来出来，这有啥吗？看不清。"大榜说，"我几十岁了，做这种事？让人笑话吗？"瞎怎说，"男人都一样，出来看吧。"大榜在瞎怎再三喊叫下，二人一起朝那边看，他们的眼睛是穿过水车两个辐条的空隙看过去的。

三十

　　杨树、柳树、榆树是最易被雀儿筑巢的。州河边的这类树，似乎是那些雀儿们的。一种乌黑长尾的，叫咋喇子的雀儿，通体黑，腹下却白，最爱在树上筑巢，清晨又醒得早，不相伴，在河之两边游翔，河成它的了。它好叫，连着喳喳喳，声又有点破，虽脆而不当，像叼着一片窟窿眼睛的席子在飞。咋喇子是大鸟，筑的巢也大，在树的枝杈处，贪心地把自己的巢建得极大。一个巢是一家，巢大，似乎也表明"鸟丁兴旺"，故而为了炫耀，它们常站在巢沿上忽闪着尾叫。它们的叫，实在是大而空，把巢沿做了讲话台了，尽情地发表大而空的东西，使州河的清晨像是空中的务虚会。这大略成州河唯一的缺点了。

　　每个村边的高树上都有雀巢，大小不一，但绝对有。清朱村边上有棵榆树，高到半空里，榆树顶上被咋喇子筑了两颗巢，又真的大得阔绰，明明白白的高层住宅么。这差不多成清朱村的骄傲了。睡在河边水车旁的大榜，开了窗躺着，看不到其他，就能看到那两颗雀巢。雀巢的下面，和榆树挨着的是儿子的家，家里有他的孙子毛溜（孩子小名）。

雀巢是很结实的，那种乌黑长尾又爱喳喳的东西，的确是筑巢的好把式，筑的巢美观又圆，像个笼子。不过也有这种鸟巢被大风掀落的事。某一日，大榜回村里，大风野兽般来了，要朽的水车也被风搞得吱吱响着。他从远处就看见那棵大榆树上其中的一颗鸟巢被风搞得破裂着落下来，到他经过树下时，一根枝棍差点飘落在他的头上。看上去不大的鸟巢，落下来却是很大的一堆柴，若一个小山头了。大榜从儿子家里出来背了背篓，要把这些柴给儿子背回去。这些柴要烧一整年没有问题。他给儿子家背了五六回，觉得儿子家里实在够了，就想起侄子媳妇一人在家，侄子又在外打工，侄子媳妇又怀了身子，就把剩下的给侄子媳妇背了回去。待他把榆树下落得的鸟巢树棍儿刚背完，人雨就来了，大风后必是大雨，这在州河边最灵验了。雨很快就在地上流起来，都是流向州河的，州河下游不一会儿就都是发红的水。

　　他给侄子媳妇背柴的事被谁看到了，就神不知鬼不觉地被翻嘴给儿媳妇。儿媳妇又在大榜儿子面前说不好听的话，意思是大榜胳膊肘朝外拐，把柴给了别人家，"那让你爸跟着他侄子过去，人家给他养老送终"。儿子不好说，只是不吭声。大榜也听到了，心里愤懑。这事过去快半个月了，他才去见孙子，见了儿媳妇他半个眼也不想睁。那棵榆树上又开始筑巢了，就在原来的地方，只是才开始还小，据大榜看来，再过一个月又是一颗大巢。

　　虽然心里愤懑，可看到三岁孙子的红嘟嘟嘴时，他稍有点释然。孙子是孙子，可也是儿媳妇生的。那个小东西，已经是唱儿歌的专家了。

猴娃猴娃搬砖头，

砸了猴娃脚趾头。

猴娃猴娃你不哭，

给你娶个花媳妇。

娶下媳妇哪里睡？

牛槽里睡；

铺啥呀？铺簸箕；

盖啥呀？盖筛子；

枕啥呀？枕棒槌。

棒槌滚得骨碌碌，

猴娃睡得呼噜噜。

大榜回到水车旁房子时，后面跟着一只猫，他知道是谁家的，猫与他熟。就在下了十余级台阶后，两边是柳树。猫一个愣，紧盯着一处，大榜去看，是一条长虫（蛇）。这猫清灰色，又大，没有怯懦，试探着朝长虫踅摸去。长虫也眼尖起来，想与之斗。一场龙虎斗开演。大榜本来心情不好，这时却立住脚认真看起来。长虫想逃离，猫却紧追不放，长虫便停下转身来一个袭击，猫迅疾躲过，朝长虫尾巴放一个猛爪，长虫赶紧回神，又想逃开，猫还是不放。如此这般来了七八个回合，胜负不分，长虫或许是路过，无心恋战，就伺机离开，见不远处那棵柳树，就奔去上树。大榜还没见过长虫上树的，竟看得目瞪口呆的，长虫缠着树像根绳子，上了快两米时，低头一看，猫竟是上树专家，要抓住它的尾巴。长虫也是有绝技的，须臾一个棍子样从树上飞下去，落在草丛里，又极速朝石头缝里窜，猫从树上跃下，奔去草丛里寻，早不见了长虫。大榜也追去看，不见了长虫，待回身时，见河里有个动静，是长虫逃犯般入进水里跑了。猫站在河边傻看。大榜看清了那长虫是"绿豆飙"①，毒也大，身子发绿。

大榜笑了。猫悻悻回去。

河水昨天发红，今天却很快清了。大榜坐在小房里，手里捏着准备洗的衣服，这时一只鸭子小孩一样进来用嘴拉他手里的衣服，他和鸭子就互扯起来。鸭子并不松口，故意纠缠着玩似的。他就骂了一句，"这瞎东西，是要咋？"这时门外有了步声，紧接着一声"爸"，大榜知道是儿子。那只扯嘴的鸭子这时见来了人就丢了嘴出去了。他故意不看儿子，和几十年他待儿子的样子一样。儿子说，"爸，这是一碗红烧肉，你明天吃了。"大榜见儿子手里果然是塑料袋子，袋子里是一碗红烧肉。大榜问，"哪里来的？"儿子说，"我给同学家帮忙伐树，回来时随便提了一碗。"大榜说，"你给娃和你媳妇提回去，我不吃。"儿子说，"我给你专门提的。"儿子也没多余话，放了红烧肉，实在对自己父亲没有话说，就说，"爸，

---

① 绿豆飙：陕北地区的竹叶青蛇，又称青竹叶蛇。

我走呀。"大榜没有吭声。儿子一步一步上台阶朝村里走。大榜看着儿子背影，心里嘀咕，还有你这个老爸啊。他心里泛起一阵酸楚。

儿子已经三十三岁，偶尔出去打工。个子很高，脸黑黑的，还是个倔脾气。

大榜朝那棵大榆树望去，心想大概儿子也到榆树下了吧。榆树上是一大一小的雀巢。

三十一

柿饼是仙物，州河边有个地方专出这仙物。

出仙物的地方叫孝爷湾，确实是个湾，湾里星布了四五个村。孝爷湾那个孝爷的故事传的很久了，谁也不论它真假，都信其是真。故事说孝爷湾有个孙子，其爷爷老了后，父亲烦了爷爷躬身咳痰的。在一个夜里，父亲约上儿子用门板要把爷爷抬到高崖上撂下去，在二人说好一起撂时，父亲让把人和门板一起撂，儿子则说，"不，留下门板，将来抬着撂你时还要用。"这话一出，父亲额头一惊，只说了一个字，"回。"默默一路，二人又把老人一起抬回来伺候到寿终，或许身后跟着一条黄狗，或许还是个明亮的月夜。这故事传下来了，也传出去了，这里才叫了孝爷湾。有了孝爷的名气，这里真正少有不孝的事，而多出孝顺的事。

孝爷湾的孝，是一样很大的名气。孝爷湾的另一样名气是这里出柿饼，名气也很大。商州别的地方不出，偏孝爷湾出柿饼，又出的柿饼极甜，这就把孝爷湾像提在半空里一样，让人仰视着看。这里房前屋后，地东地西，到处可见柿树。春夏倒没有大别于他处，到了秋季，树叶红了，柿子也由黄而红，那里的景致像翻了颜色盆子，涂得满沟满沿，由不得人不醉。孝爷湾里中央有一座高坡，在高坡上俯视秋天的湾像是一条蜿蜒的红色河流。树上的柿子有黄有红的，柿叶子坠下也有黄有红的。柿叶子落尽后，树上只余柿子，该是收柿子的时候了。用竹竿破了头做个夹子状，叫夹杆，站在树下就能收柿子，树高的要上在树上用夹杆夹了放在笼子里，被树下的人接住。这时红的软了，能直接入口，又入口即化的甜。黄的是做柿饼的柿子，较硬。这柿饼如何做，是个很技术的事，万不是想象的做法。

硬柿子用柿饼车子旋了皮，一个一个像和尚的头，就放在席上或者房檐下搭的檐脖上晒，晒到七成软时，最关键的一步是把七成软的柿子捏成饼，人站在梯子上，要把高处晒的柿饼捏三遍，把和尚头的样子捏成饼子盘子状，这样才叫柿饼了。捏的遍数愈多，柿饼愈适口，愈像胶般的缠口绝味。捏多捏少了的柿饼，孝爷湾的人一尝就知问题在哪里，尤其具嘴上功夫的，立马就说，"两遍"，或者说，"嗯，四遍"。卖柿饼自然知道是几遍，就点头。

在收获柿子和柿饼时，孝爷湾里来一股风，从东湾吹到西湾，或从西湾吹到东湾，甜腻腻的风，湾里的人惯了。若不是湾里的人进了这个湾，定要惊奇一下，总感觉有股甜在面前身后绕。软柿子放在门楼洞里的麦秸窝里，得时间越长就越软甜，是上学娃春上最好的垫肚子东西。偷吃这样的软柿子，要搭了梯子，一个在上面取，一个在下面接。二人一起偷嘴，别有一番滋味。现在许多孝爷湾长大的人，回忆起和同学一起偷吃柿子的时候，甜蜜极了。孝爷湾里的娃上学时，书包里除了书和本子就是柿饼了。柿饼是油腻的，把书和本子浸成油饼也是正常事，没有哪个念书的娃书和本子都是干净的。旋了的柿子皮，也是好味的东西，扔不得，压在瓮里也能潮了霜，一样很甜，吃时悬在嘴上，似挂的面，慢慢被卷进嘴去。

如从树上掉了的柿子，自然会裂了缝，做不成柿饼，也放不成为软柿子，也废不得，就打醋。不是做醋，是打醋。说打是有理由的，要把从树上掉下的硬柿子背回去用棒槌打烂了入瓮，在瓮里盖严了放半个月才能发酵做醋。做醋也是极不易的。孝爷湾里人不吃米醋，也不吃高粱醋，专吃柿子醋。柿子醋尖，又不蜇舌头，绝无半点贱味儿，是贵舌的酸。棣花街上夜村集上，都是孝爷湾里的人卖醋，卖醋的孝爷湾人从人前过去，衣袖都飘着酸味儿。醋酸人不酸，集上遇到亲戚或熟人朋友，醋不要钱，灌满一壶让提走，言说"这是水么，没那么珍见。"

柿饼自己吃不了，也是卖，一斤若干钱。白花花的像耳朵，白花花的一层是柿霜，从柿饼里渗出来的油见了风就成那样的白，白得成雪花样。真柿霜孝爷湾里人都认得出，都尝得出，骗不得人。有外地的人卖柿饼，在柿饼上铺了红薯面，充做柿霜，但在孝爷湾人面前一看便知是假。孝爷湾里人好客，差点的柿饼自己吃，也用来哄娃，好的压在瓮底留着年节上待客，拜年的刚落座，瓮底里的好柿饼就端在盘子里出来了，在眼前摆成一个小白山。爱吃的吃一个又一个，若害胃酸或者因甜而牙受不了的，千万别多吃，一个即能大饱口福，那甜从嘴里滚落到腹底。

收柿子的时候要天气好，若是阴雨缠了树，秋天的柿饼就要坏了。天气坏柿饼少，那年冬季里柿饼就要贵多了，年节时孝爷湾人的桌子上放柿饼的盘子就有点小，人们就会口口声声说，"今年柿饼没成，贵得没有样。"这话没有他意，不过是挡馋嘴的，是真正的说柿饼稀罕。

由于柿树多，关于柿树的趣事也多。房前屋后不是都有柿树吗？那柿树上的软柿子就有落在猪圈里被猪吃了的。听说有一家就是这样的，猪吃惯了甜，不好好吃糠了，老是朝天上瞅。喂猪的女人不知猪有了什么毛病，等一颗软柿子落下猪喜着去吃时，她明白了，反笑颜着骂猪也会享福。还有一家的柿树就长在茅子（户外厕所）旁，到柿子软时常掉在茅子里，一次竟落在女人蹲着的光屁股上，把女人搞成了蜜臀。这女人一脸的无奈，呼叫着提裤子跑出来。也有用软柿子打架的，互甩过去，毫无疼样，可把脸上身上搞得稀黄，洗又洗不净，衣服是真要被废了。这样的打架多半不是仇，是带着几分羞辱地解气的打法。

这里有个孩子，后来长大了成了省上有名的作家。他给我说，他小时就吃过柿树的亏。他说他在上小学三年级时，班主任老师肚子饥了想垫肚子底，打发他到学校后头的坡上去摘软柿子——困难时老师也肚子饥啊。他从柿树上掉了下来，把一颗牙打掉了。这事不算小，老师吓得脸直发黄。后来他补了金牙，到城里后，金牙不吃香了，又换了烤瓷牙。

这个孩子的五爷，也是吃了柿树的亏。在三十多岁时，屋后的柿树一半在房顶上，五爷上房摘柿子，从房顶上滑落下来，坏了腿，残疾了五十年，一直架着拐子走，到五爷八十多岁寿终时，还咬牙切齿地看着那棵柿树痛恨。那个五爷是个说好话的爷，因没有娃，要了一个娃，大了又嫁走了，终是他一个人活。他见了村里不论谁家的娃都稀罕，他的嘴都说娃娃们的好处，于是博得村里极多娃娃的好感，娃娃们下了学，多朝他家里跑。他家柿子树多，他痛恨柿树，柿饼又很多，他不吃，就掏给娃娃们吃。娃娃们嘴甜了，他也心喜。他喜了，有更多的好话给娃娃们说。

这里那个作家在省城每年都要收到本家一个堂弟给他寄去的柿饼，柿饼极甜。他要给我一盒。我做了孝爷湾柿饼的宣传员。于是，现在孝爷湾柿饼的名气非同一般，柿饼经营得不差，都用盒子装，朝外卖，在超市里都能见到。我因吃了多次作家的柿饼，在超市里见了孝爷湾柿饼则格外亲几分，给超市里看柿饼的人介绍孝爷湾柿饼的好处，就因为那个作家朋友我做了义务的宣传员。

我还听作家说了柿饼的另一个好处，是柿饼用焦油炙了治咳嗽，用油炙了的柿饼红胶泥一样，粘甜得有点儿二杆子劲，又是一种绝味，娃娃为了那口绝味，有时竟愿意得上几天咳嗽。柿把子，也就是柿蒂，煮成汤水喝了，又治后跑①。

---

① 后跑：商州民间把拉稀或者拉肚子的称为后跑。

三十二

一个末夏白日里，州河两边要下雨了。先是一天闷热，要把人凝在汗里似的。卖闲眼的人就发现从西南角的天上压过来黑云，黑云在州河河道里聚拢，孝爷湾临河的那个村子里竟也能看到河道里的黑乌景象。

这个村也没出什么大人物，要实在算起来，作家在这个村里有个表叔，好歹也是干过乡上副乡长的，勉强可以是这个村的人物了。他叫鲁鹿娃。那天他从河里过，就看到一柱黑云在州河里撒泼，黑云把小石头卷起又撒下，小石头就碰在大石头上，一阵乱响。他眼前一黑，只捂了头朝村里跑。到村口回首看，乌黑的一片更大了，横铺在河道里，似虎般坐在那里不动，可怕得很。鲁鹿娃前脚刚踏进屋里，雨就落得像是席片子①。他擦了脸上水，说，"平时云安水安的，今日是咋啦？"

州河上下来一场雨，多是温和的，像碎步子人过日子，你不急我不急大家都不急。可今日真正是来个大怒，让合村的人都知

---

① 席片子：陕西关中方言，"门帘挂个席片子"，指门帘。

要发生什么了。雨大，可也有停的时候，百流入河，千村万村，泥水都朝州河去。雨后的第二日，又是一个大晴，眼前的啥都新了，像是装扮后的靓丽。

鲁鹿娃当副乡长时没啥特别的，大家都没有把他当副乡长看，他人是啥样子他当副乡长也是啥样子。当了八年，年龄到了，他就下来了，像下梯子一样慢慢下来。他刚进乡上是个厨子，给书记乡长做饭，饭做得好，人也做得好，口碑比乡上的人都好，书记就让他转了干。转干后他还是好，口碑好，就得到提拔。这于他也是好事，可他总觉得自己干不了，可干起来他比别人还干得好。

书记是个凹嘴老头，家里的老婆常找到乡上骂，一次又来骂，鲁鹿娃就附在书记老婆耳朵上说，"姨啊，书记马上要提副县长，你来一骂，这不是把家里一个高干骂跑了？"那老婆扭着回去再不来了。凹嘴书记对鲁鹿娃更来了喜欢，在凹嘴书记离开乡上调到县上时，提鲁鹿娃当了副乡长。结果凹嘴到县上并不是副县长，反挂了闲，鲁鹿娃当初的那句话也是空里逮的，怎能当了真。鲁鹿娃一干就是八年，排名是最后一名副乡长。乡里提拔一个放在他前，再提拔一个也是放在他前，他成了老尾巴。对做尾巴，他很不在乎，依然喜乐如常。到退休时，他像从没干过什么副乡长，在人多处还是他那个样子。他退休到家后，村里人推他做村里的红白喜事主事，他好像是天生这样的人才，答应了就做，做得既缜密，又喜乐顺意，几年下来他在村里的威信比村长还好，一呼百应。他觉得这比他做副乡长成就还大，更来了自信，出入也是哼哼，谁见了都想给他散烟，他一般不接，指着耳朵上夹的说，"有有有，有有有。"给散烟人绽个热笑，像煎水锅里开的花。

他主持红白喜事还能上瘾，若一个月村里没有谁家有个红事白事，他心里痒了，就到处走走问问。还没有，他就要登门去找那些家里有男娃没有结婚的问，谈得怎样了？家里大人会说，还没到结的时候啊。他就说，"别说这话，太成熟了有时候就易出问题，拧茬（刚接上茬的时候）就结。"他话的意思是，稍一大意，女娃肚子大了就不好看了。明着是他替人家家里着想，实际是他急了，想要过主持合村大事的瘾。他临走时还要叮咛，"你不看看，棣花谁谁家的娃，紧说结慢说结，哎，娃生在娘家了。不是还有夜村镇上的女子，怀了五个月了才结，新婚晚上闹洞房的不敢闹，怕出了事。记着啊，赶紧给娃筹办。你没看看，娃一谈，孙子就在胳肢窝夹着哩，说落地就落地了。"当然这话人家是高兴的，越说越喜，他也似乎过了嘴瘾，回到家里心里就在思谋着这家给娃结婚的时间了。常常经他这么一走一说，有效果明显的，不出半月，这家或那家就来找他，议娃结婚的事，他心里滋滋乐起来。也有没把他说的当回事，那是确实儿子没有谈成，离结婚还远着呢。

他当主事类似将军，领到了令，主家不用熬煎，反是把担子搁在他身上了。他那些天里，急急匆匆，列单子写名字，耳朵上夹的烟都顾不上吃了，约几个人一起议论这事该如何办，和他一起议事的那几个人的茶饭反要他来管了。到当日主事时，他脖子上挂个红牌子，牌子上是总管二字，他吆东喝西的，把帮忙的人指挥得团团转。因他曾是副乡长，也因他曾是一把好厨，他说的话没人不听。若有年轻人稍有顶嘴的，他也是笑笑着敬个礼，扮个小丑样说，"听总管的。"年轻人也就顺溜了，去干活去了。他这样得好几日忙迫，待事情彻底完结了，他才长出一口气，要睡个老觉，把来日的疲累在睡里散尽，起来了又一副笑脸在村里转。他这样并非没有一点报酬，好处是事完后，若红事，给他买一双鞋，意思是他跑了路，鞋受了亏，用鞋感谢。白事则给他提二斤肉，是绝对的后臀肉，包饺子用的。这样的感谢，使他的鞋多起来，他就拒收，可拒不了，越是拒，主家越心里过不去。他便收，收了鞋，他只留一双，备着用，其余的他送村里的老人或者光身男人。得的肉则是邀一伙人一起吃，在家摆桌子闹哄哄着吃，做成红烧肉或包了饺子，这样吃反得他贴补一瓶酒。

他有个弟弟，也好帮忙村里人。在他主事时，弟弟其实做了他的坚强的帮手，他指挥哪儿弟弟就到哪儿，二人像是正副连长在战壕里瞄敌作战。打虎亲兄弟么，这样的黄金搭档，别的村无法比。

村里人都知道的一件事是，鲁鹿娃有个亲戚曾在商洛剧团唱过花鼓戏《屠夫状元》。鲁鹿娃在一次为别人主事时，请了那个亲戚来，唱了一出戏，把合村热闹得差点高兴到半空里。那个亲戚果然是剧团的，戏好人好，惹得几个月里周围传说得赤红发烧得歇不下来。那个亲戚是和周天门一个村里的人，和全鸽在一起工作过。

说是亲戚，*丝丝缕缕*也算是亲戚，是鲁鹿娃的爷的婆的娘家人。这确实远得没法算出是啥辈分，也算不出鲁鹿娃把那个亲戚叫啥。是鲁鹿娃在城里办事偶尔认识的，又用了半天时间论了亲疏，才论出这么一个亲戚的。这样一论，帮忙是没说的，事后二人竟亲近无比，志趣相投，把中间无限的距离缩近了，只剩下亲近了。

鲁鹿娃是好人，人皆称善。鲁鹿娃的父亲也是有名的善人，有一样事在鲁鹿娃父亲死后才在村里传开来，使村人大惊，对鲁鹿娃父亲有了别样认识。每年在清明节前从城里要下来几个人，在鲁鹿娃父亲小小的坟头上鸣炮叩头，隆重认真祭拜了不进村默默离去。他们祭拜了，鲁鹿娃才担了凉面夹了烧纸去祭拜。这是合村人都能看到的，也都认识那是村里原来的一家人，在商州城里住了，可就是忘不了鲁鹿娃父亲的善恩。

七十年前的事了，那时鲁鹿娃父亲大约四十岁。鲁鹿娃父亲给队里跑腿，因他热心腿勤。那一年的那一天，白天热得男人光身子，女人就偷偷到晚上月起后结伴到河里洗澡，把热气杀下去，把身上的汗腥洗了。黄昏时就有点阴沉，黑云在天上斗牛般过来过去，人看了都怕。老人仰首说，这恐怕是要大雨吧，没见过这么恶煞的云。果然到晚上静了，人都睡得沉了，公社里急急跑来一个人通知队长说，"公社喇叭坏了，让几个人跑着分头来说，晚上有大雨，赶紧通知社员朝高处走，朝坡上跑。"刚来人说了就匆匆往别的大队跑。队长是个急性子人，一下子也急了，他知道他们村临河又低洼，曾在一次暴雨后上游水涨淹了这里，那时的可怕景象，几代人都听说了。队长就找到鲁鹿娃父亲那儿，站在窗子外朝里面说话，让跑着家家摇门说，让赶紧起来跑，不能落下人。鲁鹿娃赶紧穿衣，点灯时手颤，没点着，从窗缝里就进来一股大风，把窗子那个小口子也扯大了。鲁鹿娃父亲说，"天啊，这么大的风。"他出门时，队长又叮咛，从西头朝东头说。队长说了就跑向通知另一片人家那里了。鲁鹿娃父亲在东头住，从东头开始通知不是不耽搁时间吗，又能一家一户通知过去。他稍一回神，明白了队长的意思。东头离鲁鹿娃父亲住的不远处那家是地主，是他们那时专政的对象，是人民的敌人。地主一家地势更洼，又是独户，离村里有一里路。原来有狗，被专政时的工作队吃了，没了狗，即使村里有啥动静那里也是孤岛一般，是没了耳朵的一片地方。他们被专政着，不与村里人来往，村里人也不敢和他们来往。可这人命关天，不说能行吗？

地主是个快七十岁的老头，鲁鹿娃父亲叫爷。鲁鹿娃父亲小时没少受地主爷家里的好，吃他家的白馍，吃他家的猪头肉。那个他叫婆的地主老婆，虽然两眼常冒毒气，可也很稀罕他，常拉着他走东走西，从怀里掏零食于他。况且他家后院枣树上的甜枣他没少吃，鲁鹿娃几岁的儿子也没少吃。

可今夜，就是今夜，在水淹夺命的时候，鲁鹿娃父亲他不去叫，这不是天理难容的事吗。他不敢耽搁，跑到地主爷窗子下，偷偷叫了声"爷"。地主爷睡不着，只是耳朵沉，鲁鹿娃父亲透着窗纸朝里看，地主爷正在煤油灯上吃旱烟，瘦成那个样子的人少。地主爷听了"爷"，就问，"是你啊，有事吗?"鲁鹿娃父亲说，"赶紧跑，风大得很，已经落雨了，要淹到我们了。"他朝窗子里喊了就跑，他这才从东头朝西头顺序摇门去通知。

那一夜这里的雨虽不很大，可上游是倾了池似的大，果然在将晓时淹了半个村，东头几乎只能看到树尖。满坡头的人，个个是落汤样，可没有落下一个人。天亮了看下去，水里漂着鸡鸭，漂着猪羊，漂着门板，漂着缸和瓮。年纪大的至今还记着那个夜，上游呼噜着下来的水流，毫无善意，折腾肆虐了一个满夜。

那一年，鲁鹿娃四岁半，是鲁鹿娃的母亲夹在臂下提油瓶子一样提到高坡处的。地主爷一家没有少一个人，队长看了没有说话，鲁鹿娃父亲自此也不再跟着队长跑了，也不去队长家里喝水吃烟。鲁鹿娃那夜里尿湿了裤子，拧了拧继续穿。

三十三

　　我是州城的政协委员，州城政协的人我都熟，包括原来在政协待过的美女鲁幼妙。我认识鲁幼妙时，政协还在旧地方住，别的单位都搬到新地方了，唯留着政协，是一个极大的院子，还是瓦房围成方形的院子。办公室都一样大，正副主席一律住大小一样的房子，唯会议室是两间房子打通的，挂着像。下了雨，房檐都落水溅花的，串办公室不用打伞，头颈上挨几滴雨的事，一个大步就能跨到另一边的台阶上。瓦房低矮，两边又住着私人，政协的房顶上就常跑两边住户的鸡，公鸡也有糊涂时间的时候，在正午时偶尔昂首打鸣起来。主席曾骂过，可有啥办法。不仅公鸡有错，也有一两只母鸡没有"闺范"把鸡蛋下到屋顶上，鸡蛋滚落在院里的。那时鲁幼妙和一个同事就在那样的一间办公室里。

　　下面的是一个梦境，我觉得一定要记下来。

　　这是梦境，毫无逻辑，不便究竟。从州河边过，一个推车子卖菠菜的人经过，我掏钱去买。在我掏钱后，卖菜的指着我的后面，我勾首看，是一张一百元的票子带出来了，飞到渠里，又恰架在两根细杆上，被风吹得颤动着，很有可能落下去到流着的水里。我看了并没在意，可我的菠菜被过来一个人提走了，似乎熟人，我没来得及说那是我的。我望着他离去的背影，一时无语，百般惆怅。

这时美女鲁幼妙过来了，梦里她更美了。美女应该看云彩或者蝶恋花，可她看见了那张一百元票子，叫了我一声哥，她就趴在渠沿上，要我拉着她左手，她右手伸下去够那张红钱。她心巧，在手指上蘸了唾沫去粘，粘住了提起来，她满面欢喜，起身就走了。我没来得及说那张钱是我的，也没好意思说。真是美女，身影给了我和州河，如一捻青春的诗魂，倏忽我万重怅然。

这是梦境。今日我没少钱，也不曾有美女鲁幼妙在我面前。

我认识鲁幼妙那时，她是政协办公室的科员。才从师范毕业，能写材料，二十一二岁，像一股清风。在这次见她时，她已经是夜村镇的副镇长了，从政协下来提拔成领导了。在镇上我才听说鲁幼妙是鲁鹿娃的女儿，鲁鹿娃这个人身上的事，我听说几年后才知道鲁幼妙是他的女儿。这事情明了了，鲁幼妙竟称我为叔，把自己办公室的茶水直端到我坐的那个办公室里。鲁幼妙这娃的变化不大，结婚了，有个女儿，在美丽大方里掺了成熟。在基层的工作使她做啥都会统筹，眼神也如花瓣般分开用。她向镇长请了假，要回去看她父亲，我问她父亲怎么啦，她说从柿树上掉下来了，跌坏了骨盆，已经从医院里回来了，不过还是走不成，一直躺。

我问镇长，"鲁鹿娃卧床不起了，那他们村以后过事谁来主事啊？"镇长说，"他弟弟么。"

镇长和我说话，说到鲁幼妙时，他有点闪烁其词，我知道他闪烁的原因。

次年我再次在夜村镇见到鲁幼妙时，她不是副镇长了，人也黑了不少。虽叫我叔，也眼里喜欢，可变得有点失色。日后我才知道去年一年在鲁幼妙身上发生的事有点传奇。她父亲从树上掉下来后多是卧床，她要照顾。女儿得来的官，怎好说辞就辞呢，为此，据说鲁鹿娃架了拐子挣扎到州河里，朝深潭里投过一回，被路人救起。这自杀的事一出，喧哗一片，真逼得让女儿辞了官。鲁鹿娃自此安心了些。

我去看他时，正近了中秋。鲁鹿娃的样子没变，只是人缩了不少，他躺在炕上和他的弟弟在给一家筹划嫁女的事，他弟弟用笔记，二人像是司令和参谋。他依然见我呵呵，说村里的红白喜事，依然兴趣不减，令他放心的是，他说他弟弟已经是个好主事了。村里多数人住了新房，他还在旧房里，板柜还在堂子正中，柜上立着全家人的合影相框。旁边也有一个相框，里面是一个老人，胡须不长，慈祥如佛，那肯定是那个夜间挨门呼叫社员逃洪的鲁鹿娃父亲了。门两侧的礅子上各蹲着一只猫，一只是他家的，一只是邻居的，像两个门神。鲁鹿娃弟弟给我摸烟递过来，我摇手说不吃烟，对那两只猫却很感兴趣，我看猫，猫并不知我在意它们。从门前过去三四只羊，大约是从州河滩里上来的，餍饱饮足了回来的，猫见了歪首不惊，任羊们过去。他家还喂着猪，我看见屋北边的猪圈里猪已经双足搭在石头墙上，仰头朝这边望，只是还没有哼哼。

三十四

　　商州毕竟是陕南，在秦岭的尾巴里。每年经过四五六月份的热，水汽蒸到空里聚多了，犹豫徘徊，南风想把水汽吹到北边去，秦岭又高耸在那里，过不去，上到半腰里遇了冷，就成雨水，到了每年的八九月份，雨季就来了。雨水对商州来说也寻常，但也有久渴不雨的时候。可每年的八九月份，雨水还是殷勤造访的，有时竟连月不开，把真正雨季的脸色摆给商州看。此时的州河里竟日迷蒙沉沉，早起是白雾，下半天也是白雾。雨季也长也短，短的几天后就晴，晴后又是雨。

　　树喜、草喜、花喜、人喜，没有对天苦愁的，可长起来，没个边沿似的，淅淅沥沥。虽不是夏季怒气一通的雨，往往还温和的样子，可就是一天一天又一天，终是不见太阳。望一天又一天，阴沉得实在，脚下刚有一点干，又下一场，出门要带着雨帽或雨伞才行。地里湿，院里湿，路上湿，墙上湿，没有干处。离州河近的村子，多是石头路，湿了还能行，离州河远的就是土路。这时不是一片汪洋就是泥泞不堪，红土成了泥，粘胶了，出门要胶皮筒子鞋，别的鞋绝对受不了那种泥。若是犟怂人，非要穿鞋出去，免不了鞋在泥里，脚拔出了鞋，哭笑不得，只得提了鞋走。

　　雨久了，人急，猫急，狗急，鸡也急，谁都受不了没有太阳的日子。偶一回天上破个缝，露一点晴，人见了心也破了缝似的。可阴沉太厚，不大会儿又闭合上了，或许又来一阵雨滴。屋外湿，屋里潮。被子潮，褥子潮，洗的衣服干不了，人就受不了。家里有孩子的，尿了炕，炕干不了，大人就骂孩子。有的在家里撑个架子，把湿褥子或孩子尿湿的布片子搭在上面用火烘，把屋里弄得一股浓浓的臭味儿，那实在没办法。爱尿炕的多是男孩子，在雨季的夜晚多要挨大人打屁股，把静寂的夜里老搞得有吱哇声，第二天夜里还是尿。猫狗鸡也急得无处去，老在人腿缝里打转。狗是爱在门后打瞌睡的，看着大人的脚腿从门槛上跨进跨出。猫也蹲在门墩上，卷个圆，不睁眼。鸡是爱跑的，屋外湿不得出，就在家里把灶窝里的柴禾刨来刨去，其实没有什么可吃的，只是发闲，给腿给嘴找个事不闲着而已。猪在圈里也急，猪圈里已经成泥塘了，猪饱了就哼哼，也被阴雨搞得烦透了。

　　屋瓦上早长了苔，密密的绿。屋上有树的，叶子这时也差不多要落，就趁雨至，落几片在瓦上，点缀似的表明是临秋了。实在憋急的猫或鸡，在雨歇的时候，上到屋顶上走，看远处心里也是敞亮。瓦这个时候太滑了，鸡要小心，猫也要小心，鸡滑的坐尻子蹲①，猫滑的也会有尻子蹲。男人实在急了，去谁家摸牌，花

---

　　① 尻子蹲：摔倒屁股坐到地上。

花牌或扑克，一二块的输赢。喝酒的趁机聚一起喝酒，菜是绝对的简单，萝卜丝花生米，有的是葱丝调了也佐酒，为的是打发雨天。女人实在急了，抱了娃去串门子。女人肚里的话很多，几天不见了人，就赶紧要把话放出来，不说出来就发霉似的。说够了再回去，或许离开别家时又是雨，就抱着孩子踏石头跳着回。

大鲁村在某一年里就遇上雨季了。村里有个扇子婆，是从山阳县嫁过来的，丈夫在山阳那里做生意，认识了她，她就跟过来，嫁了不走了。丈夫死后，儿子也在一次州河涨水时吹走了。她命苦到了瓜把上，守了一个孙子。在她和孙子几十年的过活里，她比一个男人还能干，肩扛手提的，一年挣的工分比男人多。本来就长得宽阔，早点出名是她嫁过来时娘家穷，父亲担了一担子扇子在州河边的集上卖了给她做嫁妆的，她先是被称扇子媳妇，到老了就是扇子婆。后来的名气是她有牛力气，没输过男人。比如一回村里要在河上搭桥，要三个男人去，两天里一人能挣十几个工分。她就报了名，站在水里，果然两天里桥好了，她挣了十几个工分。还有一个例子，是她和村里人打赌，吃蒸红薯，一次谁能吃十斤热红薯的，谁在队里三天的活儿让输家代替干，她赢了，吃了没事，那三天她拉着孙子回山阳娘家了，回来背了一背篓的草鞋卖了。

扇子婆长寿。村里和她差不多年纪的都死了，只剩她活着。死在她前面的都得到她亲手洗脸和一场认真的哭。她的腔口和州河上下的总有一点不同，她的哭就掺着她的不同来得铺天盖地，因为她知道每个死者的过去，哭起来总有太多要诉的。她诉的让人听不出是死者的过去还是活着的她的事，反正她要一直把哭声跟到坟里，埋好了，人一扶她，她便问，"好了？"人答，"好了。"她戛然停了哭，掏出帕子抹了泪，像把一列哭天扯泪的火车刹住了说，"不哭了，够他（她）的了。"跟着埋葬队伍回去。一次她竟给村里一个老干部说，"我死了谁哭我呀？都不会哭么。"这话也说的实在，村里果然现在没人会哭的了，死了人都邀班子来热闹，班子里有专门哭的，哭一场二百，用钱买哭。她把孙子估量了，她死了大抵孙子能舍得买一场哭的。

她把孙子惯坏了。

扇子婆在那个雨季，屋子塌了一半。待人知道后，赶紧把她背出来，村长把她安置在闲着的学校里住。扇子婆的屋塌，惊了一个村。扇子婆的孙子跑了，不知去了哪里，曾带回来一个女的，住了几天又不见了，像鬼，出没无常。村里在扇子婆屋塌后天晴，派村里一个光棍给扇子婆修屋子。这光棍是个老实人，已经快六十的人了。值得称赞的是，他闲了好去铁匠铺里替铁匠抡大锤，混旱烟吃。人说他是处男，有的是力气。时间长了，他也在铁匠铺里学得一样手艺，就是打锅铲，比别人打得好。他收拾扇子婆的屋，那个雨季里，扇子婆已经九十多岁了，老犯糊涂，在清醒时竟说自己屋楼上有两个银盆子，还有元宝，一定要村长给她找来放在枕边。村长去问光棍，光棍说，"没有啊。"村长问，"真没有？"光棍说，"真没有啊。"村长看光棍的眼睛，光棍眼睛没有胡抢。村长又说,"你发咒。"光棍就发咒,"谁得了银盆子元宝,把谁死在五黄六月,过河时淹死了,上坡时滚坡了。"村长说,"好了好了。"让他继续修屋。

光棍是个鼻流子,嘴上四季吊帘子。见村长要走,就朝村长背影问,"扇子婆诬陷我,我一辈子没偷过人,连婆娘都没摸过,让我背贼皮,我不干了。"村长说,"扇子婆糊涂了,我再问问。"

几年后,扇子婆死了,整一百岁。至死扇子婆咬定是光棍得了她楼上的贵重东西,没有娶女人是有道理的。她死了,没有亲人给她哭,真的村里也没有会哭的人了。孙子给她买了一场大哭,算是给自己的婆尽孝。孙子这些年在州城边上经营起了一个饭店,混得有风有雨的,被酒肉撑得也和扇子婆一样的宽阔身子。那孙子在一次喝酒醉了后,说出他在州城边弄饭店是偷了他家楼上的宝贝卖了,有本钱的。村长知道了,撵去扇了扇子婆孙子两个辟耳,虎着脸问,"几个银盆子?"孙子答,"两个。"又问,"元宝呢?"答,"二百个。"村长又去光棍那里说知了银盆子和元宝的事,光棍竟一下子委屈得鼻涕眼泪地汹涌出来,他拉着村长要到扇子婆坟上去,他要给扇子婆说他的委屈。村长说,"算了算了。"光棍还是去了,跪在扇子婆坟上,哭够了就坐在那里望州河。那天是扇子婆死后第三个雨季放晴了才十几天,州河里清楚得很,河道空里盘旋着一些鸟儿。

三十五

丹凤史志办的郚金东没想到早上上班突然遇到了高中时的同学全鸽。他初还没认得，细看了一圈，才惊呼全鸽的名字。全鸽是来丹凤县志办了解当年红四军经过丹凤时的故事，州城剧团要创作一部大戏，展示那时的英勇无畏。全鸽和三个同事厮跟相伴来的，郚金东安排了一个老同志给他们几个讲解了一下，就急着要下去见几个尚健在的老人，和当年打仗隐身的地方。简单讲解了一下，郚金东就领他们要下去。刚出了史志办楼，迎头碰到一个老汉吆着母猪从这里过，郚金东叫姑夫，问他："姑父干啥去了？"他姑父指着前面走得悠闲的母猪说，"我给配种去了。"郚金东说，不是宋家湾那里的墙上写着"公猪在此"吗，你咋跑这么远的地方配种。他姑父说，"那公猪死了。"他姑父又高兴地补充说，"东街这个公猪大，给不少人配，配得美得很。"这话一出，全鸽就笑，全鸽笑了几个男人也跟着忍不住笑。前面走的母猪不用吆喝，认得回去的路，自顾走，郚金东姑夫跟着走就行了。

郚金东姑夫家每年母猪要生两窝猪娃子，卖了补贴零花销。管好母猪是他最大的事，母猪能否怀孕又是他一年里最关心的事。

母猪是白毛的新品种，嘴长身子舒展，全鸽一个男同事说，母猪的身材还不错，大家一起又笑起来。郢金东姑夫被他们说得不好意思，就跑着去赶前面的母猪了。

丹凤县是革命老区，过去这里打游击的多。据说李先念、徐海东带领队伍经过时，这里跟着跑出去的人不少。丹凤巩家湾的巩德芳又是当年豫陕鄂游击总司令，周围哪个村里能不出几个精腿光脚的游击队员呢。史志办郢金东的两个爷就是烈士，埋在州河烈士陵园里。郢金东的工作也是地区一个领导争取来的，郢金东在史志办有一份拿工资的工作得感谢他两个爷。

州河行到丹凤下面就宽阔朗然了。州河两边的山低矮了，河面宽阔了，流也平缓，滩里有了一种淑女般优雅的长腿鸟儿。滩里的石头依旧密着，经过一路的滚磨小多了，也该小了。那小了不少的石头，一律没了脾气的圆润，开阔了，觉得太阳也大起来。从棣花以下，州河两边的世界显得不一样起来，河边的村子也大了，路宽了，说话也是儿化音。州河到了商镇，显然是个小平原了，就在河滩里建了个飞机场，那飞机场不是民用机场，是飞播造林用的机场，停落直升机。可那也要几个学校操场的大小，在州河两边找那么大的场面，也只有商镇有。刚有了机场时，四处的人不知道机场是啥，曾三五结伙骑自行车来看，把自行车靠在河边柳树上，去看，去摸飞机，看了说，"不大么。"飞机顶上一个大飞轮，起飞时就转，虽不大，但起飞时轮子的风也把人能吹远。看守机场的人背着枪，谁近了就被人家撵着说："去去去。"若说了"不大么"，那人会说，"你家后院能停下？"这一问还真问住了。飞播造林时，飞机起来在空里转，哪里有山在哪里转。州河两边的人都见过飞播造林时的飞机，忽高忽低，很低时能看到飞机尾巴处落一股散云似的东西，那是树种。有人给人吹时也会说，飞机把树种撒到他脖颈里了。他就喊，"我的脖子里能长树吗。"也有人说，飞机从他家房上过，他拿竹竿差点戳到了，只是他不敢，开飞机向他笑。这些话都是吹，是让山里没见过真飞机的人眼羡他。商镇那里的人到南北二山里去，就是吹见的飞机，商镇那里的娃把书念到地区州城里也是吹自己见的飞机。

东汉时有四个前殿老人，惮于朝廷险恶，结伴隐身在商山，漱石枕流，采芝撷果终老于此，这四个老人是四晧先生。那时朝廷喊破了嗓子挥酸了手，他们四个人是四个犟硬的老头子，就不回去，也确切是看上这里的风物了。到其中最后一个死后，刚好在冬天的风雪时，朝里实在过意不去，派人驱车越秦岭来州河边上吊唁，举国缟素，把州河两边跪满了。四晧先生的墓在商镇那里，圈在小园里，有个门楼，供瞻仰，里面有个年高德劭的老人，宽嘴冷目，住在这里做讲解，历史像流淌在嘴边，口若悬河。若看了出来问那老头是干啥的，旁边的人就会说，那是研究四晧先生的，出过几卷书，写一手好字，常去北京开研讨会，其儿在北京做教授。县上让他住在城里，他不，他说要陪圣贤居下去，他的梦就坦然。他住的门口层叠了一堆松柏盆景，长得特别青翠好看，不用他经管，旁边村里有个学史的女子常来浇水松土，叫他老师。

郢金东把全鸽他们引到他叫勾子爷的家里。要过州河，州河上立着水泥大桥，可过了州河，进沟时要过一道宽溪，溪上是木桥。这个木桥一点也不巧妙，桥柱也粗，木板也厚，全鸽一看像是一个粗胖的人趴着的样子。对过木桥全鸽全没有经验，另外几个也是胆怯，郢金东就拉了全鸽手过，叮咛全鸽不看溪里看对面，全鸽还是在桥中央时惊呼，吓得腿抖，郢金东抱了她腰，让她闭眼过去的。其他几个也是郢金东一一拉手度过去的。

勾子爷是郢金东家族的一个爷，他的哥哥——老二哥哥就是救中央首长的那个英雄。勾子爷耳朵沉，一间小房，儿子在他旁边房里住着。他的皱纹把脸占得不像脸，没了牙，嘴在脸下坑里。他见来了这么多人，挥手里的拐杖说，"拉我去吃红烧肉吗。"郢金东说了来意，让他说他二哥的事迹。他说，"那有啥说的。我二哥是二球。"

屋里没有凳子，全鸽坐在一节木头上，那几个人寻着坐，一个坐在石牛槽的沿上，一个坐在院里三角子①上架的一根椽上，郢金东从旁边勾子爷儿子房里提了一张椅子出来，让全鸽坐，全鸽不坐，反郢金东自己坐了。勾子爷说了二哥是二球，大家都笑。郢金东不让他说了，让勾子爷儿子来说。勾子爷见冷了他，把脚

---

① 三角子：三条腿的树杈，两个并排可以放木头，木匠家里常见的东西，放东西很稳。

探出来，从鞋底里掏出一颗银圆，勾子爷说，"我二哥为了打他死的，我把他就踏在脚底里。"勾子爷面前一节木头上放一个空碗，勾子爷儿子把碗端回去倒了一碗煎水，又在后院提了一片蜂巢，把蜂巢里的蜜朝碗里倒着滴。勾子爷眼盯着看碗，勾子爷儿子又从屋里拿了锅盔出来，掰开了朝煎水碗里泡。

勾子爷的二哥当时是在县上拿枪的，跟着县保安队长跑，威风八面。可暗地里和巩德芳的游击队来往，常提供情报，借粮食给游击队。在李先念中原突围失败后，只身乔装过丹凤时，四面是土匪，游击队担任保护任务。在实在无法出去时，只有勾子爷二哥家里安全，不会被怀疑，游击队把首长委托给了勾子爷二哥，勾子爷二哥把首长藏在自家窖里，每天送吃喝。过去半个月后在一天夜晚里抬着受伤的首长过州河，敌人发现了，召集一个连来追，正在发水时，几个人用门板抬着首长从水里过，水差不多淹到脖子上，后有敌人的枪，前是敌人的哨，勾子爷二哥换了便装，扣了一顶黑帽子，咬牙说，"咋也要过，谁把我得罪了我随后灭了他。"河道里漆黑一片，子弹嗖嗖地飞，落在石头上的子弹就啪啪地放着火花。勾子爷二哥尻子蛋上挨了一枪。过后他果然把后面打枪的几个人杀了。首长到了延安，捎信让勾子爷二哥在商州组织革命队伍。

勾子爷说二哥是二球，郢金东说，"他二哥在楼上放过一笼子手榴弹，他曾用手榴弹炸过老鼠，被公社里拉去绑了几天。"

勾子爷二哥因当时家里有不少地，被定了地主，还说他是保安团的人，差点被杀了。他被绑了看守着，偷偷给北京写了一张纸，让勾子爷一个表弟跑到了北京，北京回来也是一张纸，于是勾子爷二哥得救了，回来他朝墙上的毛主席像每天鞠躬。在他七十岁时，家里钻进来一只狼，他把八斗瓮扳倒扣住狼，勾子爷吃过的狼肉就是他二哥瓮扣的那只狼肉。

在郢金东全鸽他们准备走时，勾子爷急了，朝他们喊，"我二哥就是一个二球，你们不信吗，他上树把裤裆弄扯了，他在村里跑了一天，天黑了才找了条好裤子。哈哈哈。"

郢金东说，"勾子爷去年话还不多，今年是想开了。"全鸽在路上终在想这个勾子爷的二哥，他到底是怎么样一个人呢。全鸽手里掐了一段绿叶在揉，已经揉出绿水了，她嘴里也叼了一段绿叶，不咬不咽，在嘴唇上转。

全鸽问郢金东，"勾子爷过去干过啥。"郢金东说，"他给巩德芳当过警卫员，现在一月一千多。"全鸽的那个同事回头看勾子爷用筷子敲面前又空了的碗，那个同事随口就说，"煎水泡馍，日子好过。"

三十六

棣花魁星楼上一个妇女跪下去，念叨着要自己儿子今年高考能上个好大学。她是贾平凹村里的一个族妹，嫁到离县城不远的一个村里，男人就是史志办的郢金东，今天是专门来娘家拜文曲星的。她没进娘家门，想偷偷拜了就回，怕人看见她，就仿佛怀了贼心一样跪在那儿。这时她朝外一看，魁星楼边一家三层楼里开着一扇窗子，一个男娃站在窗子边，男娃精身子，嬉皮笑脸的坏怂样子。村里大部分是这样的楼了，这一家离魁星楼最近。郢金东媳妇就给窗子里的娃说，"快回去睡下，小心感冒了。"男娃并没有听，自顾自地玩耍，郢金东媳妇也起来伸头朝下看。

郢金东媳妇看了，继续跪着说，"我的娃呀，即使你考不上好大学，能把事弄大也行，你看你舅平凹，把事就弄大了。不过作家也不好当，你看你平凹舅头上的毛都不多了。干啥都不易，还是考个像样的大学吧，引回来个媳妇，让村里看不起我们的人都红眼去吧。"它这样跪着只是说，倒好像不是给空里的爷说，是在给儿子说。郢金东媳妇觉得跪完了说完了，就起来在魁星楼里转着看，一看楼里没有啥，连个爷像也没有，觉得自己刚才跪的说的放空了，就低声嘀咕，"这爷呢。"把里面看完了也没有爷。她刚出了魁星楼，抬头就碰到她堂哥，她堂哥问她来了咋不到屋里去呢。郛金东媳妇就说娃今年考学，她来代娃磕个头。她堂哥问，"娃学的好吧。"她说，"还行吧。班里第十一名。"她堂哥说那好。她堂哥问了就走，说是给镇上看门，两个人倒班，不敢耽搁了。郛金东媳妇既然见了堂哥，躲不过是要去娘家屋里看看了，虽然父母不在世了，若不去，堂哥说给哥嫂，不是又会让嫂子说她不是吗。她就到镇边上的一个商店里买了几样东西，饼干酸奶橘子的提了一疙瘩去了，给碰见的堂哥家里放了两样东西。

她堂哥在镇政府看大门，原来是县上农机厂的工人，退休了。一辈子和婆娘过不到一块，分着住分着吃，井水不犯河水。人给他寻了这个工作，一月还能多拿一千多。他很畅快，但就是胖，胖得有点无道理。也方脸阔面的，穿了白大褂，咋看都是炉头。身体宽，走出去就像推土机。他人好，虽也有一点守门的权力，可他见人无粗语，和善的目，对可怜人来镇上办事，他还出主意指路径。在他五十多岁时，他给自己和婆娘把棺材做了，放在一间空屋里。人都说有点早，他说，"瞌睡从眼里过哩，迟早要做，早做晚做还不一样？"做棺材时把婆娘带上了，这一点，人都说他做事不赖，是个好人。

我认识他，他叫贾启善，小名叫串子。我曾送过他一本我的书——《腿林》。他说，"你的书我没看完，我前面看门的六门看完了，他说你写的美得很。"我不知六门，他说六门是在他前面看门的，和他好，后来六门出事了，被逮了，六门推荐他看门，他才来的。我问六门出啥事了，他说，"打了人，把人打得进了医院，给他判了，六门有些二杆子劲，打人没轻重，用铁棍抡。"

串子曾见了我两次，都是说六门喜欢看我的《腿林》。最后一次见我，拉住我说他在屋里发现六门给我写了一篇评论，让我看。他住的门房本来乱，里面还有一间套间，专门睡的。床是六门睡了的，现在留给了他。套间里玻璃窗子不严，尘土能进来，套间里桌子上全是尘土，床下积的杂物，废风扇旧凳子烂电线等，堆着占了不少空间。他说那是镇上的，他不能撂，只要尸首在，就不是他没看住。他从灰尘里果然找出了不厚的一个作业本子，抖了灰尘，翻开让我看六门写的评论。是阅读体会，前面的字还颇工整，后面就急迫地有点乱。我粗粗看了，串子问，"写得好不。"我说写得好。串子在继续翻东西时，翻到了我的书，他拍去了土说，"我以为六门把书拿走找不见了，还在这里么。"他递给我看，我翻开看，里面有不少仿佛是炭灰画的黑迹，没在句子里，在书周边的空出。这有点怪。书里竟夹了一张纸条，纸条上写着："爸啊，我见到《腿林》书了，在商洛各大银行里都有出售。"字显然是娃写的。在银行里有《腿林》出售？这才奇了。我问串子，这是谁写的。串子拿起纸条看，一看就明白说，"这是六门儿子写的，六门儿子想买书，向我借过钱，我没给。他才向他爸说，让他爸给他买，把书店写成银行了。"串子笑。我问六门儿子在干啥，串子说，"上高中了，这是他念初中时写的。那碎东西也爱看小说，不看课本，成绩老是扫帚把。"

我从串子那里才知道六门父子还是我的粉丝。可六门现在监狱里，儿子上高中，能否考上大学，我不知道。

到饭时，串子说给我擀面吃。我说吃过了，让他只给他自己擀面。串子一天就是喜欢面，能吃面能擀面，一天三顿面也不烦。他在门房桌面子上放了木板当作案，挽了袖子就伸手在面盆里。他揉面擀面，桌子响，案板响，擀杖响，桌子腿也响，响声把门房占满了。一会儿面就擀成了，圆月般薄亮，他提起来让我看。我说；"你的擀面技术好得很么。"他说，"擀了一辈子了，在单位上班时，我就不上灶，自己擀面吃。"下面地上是电炉子，他嫌放在屋里热，把电炉子端出去在门口下面。切面他也在行，切得细又长。没有绿菜，他就用葱，把葱花用油炝后就扣在面上。下完面，他赶紧把电炉子端回去，说是怕领导见了批评，嫌费电还不安全。串子吃面的碗和他那么宽的人很匹配，一碗面下去，还要喝一碗汤。吃面喝面汤，穿裤子穿大裆，这两点长寿的秘诀串子都占住了。他裤子的裆，在我看来，棣花街上没有比他裆大的了。吃了面，他掏出一盒五块钱的纸烟抽了一根叼在嘴上，表明今天的这顿饭他很满意，简直富足得和天下最幸福的人一样了。

上班时间还没到，他锁了门房锁，要带我去看魁星楼。他说，"你也是作家么，来了不看看魁星楼，魁星楼都不愿意。"于是就去魁星楼那里。

魁星楼没啥特别的，像个亭子，里面空，能进去看。四角的檐罨张在空里，顶上是才修过的。我们刚上到魁星楼里面，后面跟着就是一个人也上来，串子看了惊喜着问，"你还在这里啊？又是串子的堂妹，郢金东媳妇。"他堂妹说，"我刚回去看了一下，又来想再磕个头，一定要让爷保护娃上个好大学。"串子就说，"磕个头就行了，关键是娃。"串子给我介绍他堂妹，还说是平凹的堂妹，只是离平凹有点远。串子又给他堂妹说，"这也是个作家，写得好。"串子堂妹流着汗，手抹了脸，脸有点黑，眼睛也不大，嘴快得像锥子戳沙子。她听说我也是作家，就给我说，"我娃作文写得好的很，老被老师在课堂上念。只是别的课撵不上人么。我娃有一篇作文是写鬼的，把鬼写的和他串子舅一样。"串子堂妹一直撵着我说她儿子的作文，还要我给她儿子指导一下，说娃即使没考上大学，至少也当个作家，有了名气也行。我说，"我指导不了，平凹这个大作家，娃也叫舅么，让平凹给娃点拨一下，那不是最好了。"串子堂妹说，"见不上么，上一次平凹回来了，我把娃叫上坐摩托来，平凹身边一圈人，我只说了一句话，平凹就被人拉走了。我娃都没跟上叫舅。"

串子堂妹最后拉住我问，"我今天拜了两回魁星楼，给爷把头磕了不少，我觉得我娃能考上好大学，你说呢。"我说，"差不多吧。"她说，"一看你就是有水平的作家。魁星楼上的爷能不起点作用？"

三十七

　　这个家里半个月前才娶过亲，喜气还没有退掉。院里的树上贴的喜字还在，门楣上婚联也在："一门喜庆三春暖，两姓联姻五世昌。"这字一看就是龙驹寨那个先生写的。州河上下能写字的人多，但能写春联婚联寿联的不多，大多都不敢轻易写，怕出手丢人。尤其婚联，都请先生。先生也不好请，往往几个村供一个，多是学校的老师或者在书法上有些名气的。

　　有先生的村，似乎比别的村要傲那么一点点。倘在路上碰到拿了红纸请先生去写的，就有人问，"又求我们的先生。"听听，先生是他们的，听了心里也怪不舒服的。拿了红纸，去先生家里，写了走时，留下一瓶酒说，"这是孩子的喜酒，你也尝尝。"先生客气一句，也就留下了。都是这样的礼数，多了先生不收，空手了去也不好意思。这样的婚联贴上去，绝不丢人。虽在农村，可去吃喜酒行门户的农民眼睛毒，万万小看不得，都识得好字。在吃酒前，少不了站在院里搭眼看一番，字不好或者稍差点，他们嘴上不说，可必是摇头，心里嘀咕。说字是门面，大概多是贴在门上让人看的，才被称作门面。

她家这幅婚联的确是龙驹寨那个先生写的。龙驹寨这个先生很有名气，并不他的字就赛过他人，是那个先生专写婚联。传说出来的是，先生给多数人家写的婚联能在次年里得娃，且男娃的多。这有什么道理呢？只是传出来了就有人信。这个家就是托本家一个叔父骑自行车去求的，车头上挂着酒。有人还说那个先生不好对付，说不了几句话，只用眼盯来人，来者只说是娶亲还是嫁女即可，先生就在肚里把内容拟好了，来人把凳子还没暖热，就得走，就得听先生客气着说，"还带什么酒啊。"他的婆娘是孝爷湾的人，对丈人村里的人求字，他从不收啥。他说，"丈人门上的人，没理也要让八分。"也还听人说先生四季的门上老是一副对联："舒怀年大有，极目世同春。"风吹了他重写贴上，褪色了他重写贴上，终不变那十个字。

　　这个家的喜气真浓烈。该还的炊具都还了，该送的东西都送了。洞房里一切都是原样，新的以红占主角的，炕上的被子枕头都是红的，大红，拉了灯亮起来，觉得炕上的一应大红是烫手的。这家的两个大人给儿子结了婚，就肚里想着等孙子出来了，可他们嘴里不说。

　　儿媳妇是女儿的同学，介绍给哥哥的。儿媳妇就和女儿同岁，两人也曾是同桌，现在成了姑嫂了。在结婚后的半个月里，新媳妇反和丈夫待一起的时间没有和小姑子同学待的时间多，这让家里的婆婆看出来了，把女儿叫了一句，女儿过去，婆婆就数落说女儿不懂事，"像墙一样叉在人家两口子中间，算个啥。"女儿说，

"不用你管。"

后窗是面河的，凉风来来去去一点不热。这个村的窗子一律面河，门面北。门前也不是开门见山，是门前有个极大的空处，离山远着，有场有塘。多数人家在平处，仅有几户在层叠的高处，但都是石头路绕上去。家家把院子都拾掇得清整，方是方圆是圆的，一尘不染。石头路，在石头缝里挨挤着长出矮草，垒起的石头墙缝里也是草，草把家包围着，草也把人包围着。墙缝里的草也有长得大的，开花结果，总要在农家这里占个位置才甘心。不少户养羊，不用管，它们自会一起结伴了去坡上吃草，饱了就回来。几家的羊在一起，都认得自己的家，结伴上学的孩子一样。遇到狗欺扰它们，一起愤怒立起来用角去斗狗，狗是戏耍它们的，不真咬，逗了就跑，羊们场场都是胜利。这里门第简单，毫无富贵气，真没有哪样是不好的。

窗子口里这时立着两个美女，一个是新娘，一个新娘的小姑子同学。二人都着红妆，朝州河里望。新娘着红，小姑子也是要沾哥嫂的喜气，也要着红，二人便一起穿红。为小姑子着红，她母亲曾质问，"你是要比过你嫂子吗。" 小姑子偏要穿红说，"就是要比过她。" 二人都长得体面，四只眼睛的灵润像是一个母亲生的。个头一个比一个差不了一手指，年龄一个比另一个差十五天。生人到家里坐，真不好分得清哪个是新娘哪个是姑子了。

小姑子眼睛尖亮，忽然看到州河里漂着一个木排，就惊呼一下说，"你看你看，" 给她嫂子说话，"你看你看，木排，蚂蚱一样朝下飞。"隐约还看到木排上是两个男人。小姑子就朝母亲喊，母亲也过来看。母亲说，"这多年没有木排了，今年州河水大了，就又发木排。"母亲还说，"你爸当年小伙子时，也好耍木排，在州河里和鱼一样。"小姑子说，"你是看上爸爸那个耍木排的样子才嫁给他的吧，老实交代。"母亲瞪女儿，瞪罢忙她的了。新娘一直望着河里。木排在深水处游，水一边是刀切般的陡崖，遮了太阳，木排恰飞到阴影里。可木排上穿白衣服的人影能看得到，新娘知道其中的一个就是自己的男人，另一个才做了半个月的新郎。她故意不告诉小姑子。新娘这时从新床上拿过手机看，摁了几下放下了。木排上响起唱来，是唱商洛花鼓调。虽听不太明白，小姑子是听出来了，是哥哥的声。小姑子拉着嫂子让认真听，说，"是我哥在唱。"新娘故意说，"我咋没听出呢。"小姑子又把母亲拉到窗子口让听，母亲果听出是儿子的唱声。母亲问，"他咋耍木排了？"这一切，新娘都知道，是丈夫要和一个同学用木排参与了龙驹寨一个运输公司，运输货物了。她刚才给丈夫发了短信，丈夫才响起声来的，这对这个家里还是一个秘密。河里的声远去了，窗子口的两个人还在望。

对于父亲当年耍木排的景象，作为小姑子的女儿自然不知道了。这小姑子非得要在母亲的面前说母亲是看上父亲耍排才嫁过来的，这话一下子点在了母亲的痛处，母亲当然要反她的话。小姑子给嫂子说，看来我爸当年也是河里的人，是个浪里飞鱼。可现在这个浪里飞鱼却老实多了，木讷寡言，一天在地里就把多半天待完了，回来就是一碗饭，倒头就睡，他的梦里是什么谁也猜不到。

待她父亲回来后，她母亲急急给他说，"河里有木排了。"他父亲只是淡淡应，"我知道。"她母亲问，"你知道？你啥时见过？"她父亲不语了。

要木排只有从这里以下的州河里能要，上游的州河水浅，间或有玩耍的筏子，可要是走木排驮货，非得要深处。这里在明清时最热闹，也有不少木排来往，到了上世纪六七十年代，上游水库多了，河水渐渐退小，木排走不成了。听那些年纪很大的老者说，过去木排像蚂蚁阵，河里的热闹和镇子上的热闹一样。吃河鱼，木排上就有锅灶，老婆孩子都在上面，到天黑了，都回自己的家，早上曙色时，又都来到木排上，开始一天的运输。一起喊一起骂，改了花鼓戏的戏词，编排了自己的话乱唱。谁捉了几条大鱼，就朝旁边木排上扔，扔到女人怀里，这个排和那个排就都是一样的爆鱼吃。

小姑子的母亲再次问老头，"你怎么知道有排?"老头还是不响一语。

老头当年确实是在木排上结识婆娘的。他的婆娘那时和现在的女儿一个样子，美丽得若早晨的露。婆娘老提木排，是想让老头说一句有关木排的话，好让她回味一下过去的滋润味道，可老头就是不提。他们在木排上也曾撩水嬉戏，也曾为了捉鱼一起滚到水里，终是在一个月夜里他们睡在了一起。在木排上窃窃私语，岸边有提灯笼找人的，一星黄亮，晃悠着找了很长时间，找的却不是他们。他们的事情终于出来了，出来了才挨了骂结了婚的。这事他们一辈的人都知道，只是他们的儿女不知道。谁在年轻时没有被人指戳过，谁在年轻时没有犯过一点错。

新媳妇的手机来了短信，是丈夫的，说他们已到了龙驹寨。

三十八

过去商旅在州河边来往是要喝茶的，就有了茶坊，茶坊在棣花的下面十里路处。骡马和人一起穿行，昼行夜伏，铜铃叮当，望见前面一处房舍，就呼，"哎，前面是个茶坊，喝一口去。"

茶坊这个地名，就是商旅给题的。让我回到昔日商旅的队伍里来细说茶坊这里吧。

我和哥哥在鸡叫时已赶了三十里路了，此时已到午时，风烟俱净。路上渴了就下到州河里饮一气，可这时到了茶坊，大树在路边，树下立着个木牌子，是隶体茶坊二字，把那个茶字搞得像铺塌下来了。这里我已经跟着哥哥经过了几次，对于这里已经很熟了。哥哥二十多岁，我十四岁。家里有祖父、祖母、父亲、母亲，我要跟着哥哥出来挣钱，他们还不放心，我跟了几次，他们就放心了，以为我长大了，跟着哥哥会走四方，将来也是个好汉。一头骡子，是家里的大本钱，交给了我和哥哥，祖父说，"一定要待骡子好。"据我的理解，待骡子好就是不敢让骡子受伤了。到了茶坊，就不能下到河里饮，得到茶坊里坐着很像样的喝茶。好歹是出门挣钱的男人，哥哥每次到这里就要进去，坐着，唤茶哥儿，和我一起摆了架势，认真地喝茶，喝足了才起行。

我看哥哥和茶坊老板娘要好。老板娘快四十岁，我哥哥二十多岁。老板娘那人长得不算太好，胖是胖了点，有钱人都那样不缺肉。老板娘的男人我没见过，据说人瘦小，还在外面贩过火纸和大烟，犯了事被关了，几年回不来。她没了男人，我哥哥每次来，老板娘都要使唤一下，比如给她帮忙干点什么活儿，搬搬东西。几次她让哥哥把我们的骡子拉着替茶坊去驮水，这种借骡子的事，别人是不愿干的。骡子也是在人歇时，把驮的东西卸下来歇的，这事让我干我是不会答应的，哥哥却高兴着去。

她茶坊里用的茶水不是州河里的水，是要在茶坊背后的沟里去驮，是涧水。我就跟着去了一次，那涧水清冽甘醇，是天然泡茶用的，别的地方实在比不过。这种事情我曾给哥哥说过，不愿意他屡次这样让我们骡子吃亏，哥哥说，"就一次，下次不应她了。"可下次他照常应了，照常高兴着去。他和她我觉得是真好，哥哥的衣服烂了，老板娘也给缝过，一次把我烂了的衣服也拿给老板娘让缝，她也乐意给缝。我们喝茶的钱她没有免过，照付。我心里就疑惑，哥哥和她好，她就应该免了茶水费，哥哥对茶水费从不欠，掏钱时还利索得很。

老板娘有个女儿，也有十来岁了。一次的玩笑里她和哥哥竟说，把她的女儿嫁给我。我没见过她女儿，可我觉得不行。她和哥哥好，我娶了她女儿，这辈分是不是有点乱，至少我得叫她丈母娘，可她和我哥哥的关系那样好，我怎么开口。这事成不成，可也是值得考虑的事。我家没有钱，我能娶个老板娘的女儿吗。

我们也有赶到茶坊天黑的时候。到这里天黑，若狠赶一段路，就是夜村，多数是宿在夜村的，也有宿在这里的。哥哥就说宿在这里和宿在夜村一样，宿这里就得让老板娘备饭。茶坊这里有五六户人家，唯这个女人家大，阔气了几十年，有很多的房子，经营茶坊，其余的人家不做这生意，各有他们的事由。遇到人多时，比如为了客人要备饭的事，她给其他几家说一声，也给备饭，各收各的钱。我记得一次，一天里都是风烟俱净，到了这里下起雨来，哥哥说，"住在这里吧。"我也困了，脚走得疼。是一双母亲做的新鞋，夹脚，母亲说穿几天鞋就撑开了。我睡下时看脚，夹了泡，哥哥到老板娘处借了针，挑了泡，我早早睡了。

那晚我睡了一觉醒来，月明星稀，哥哥和老板娘竟在我睡的窗外说话，叽叽咕咕地说话喝茶。那时雨歇了，又夏末了，草里有虫叽咕，林子里也有野鸣。哥哥和她像是一家人似的。父亲曾说要给哥哥娶个媳妇，可父亲终没给哥哥瞅下，父亲很愁这件事。外面是一张小桌子，桌子上除了茶肯定有什么吃的，哥哥的嘴里在响。老板娘的女儿一会儿也来了，坐在他们旁边听他们说话。我在夜光里，没有看一眼那个女孩子，我还不到娶亲的时候，对那女孩子没有感觉。我在迷糊里，似乎听着是老板娘让女孩子给哥哥唱个歌，女孩子唱的不是歌，是茶坊那里的小曲，有点和花鼓戏不同。

那时的世道也乱，要操心不少的事。马车骡车，贩卖生漆桐油火纸食盐，大多要结伴同行，不易出危险。生意大的，腰里有枪有刀，跟着大生意走，安全多了。可事情有时候就得出，土匪到处都有，一次老板娘那里就遇到了。茶坊在路的高处，茶坊里洗用的水要从州河里用骡子驮上来，她雇了四五个男人，有一个男人是专门拉骡子从州河里驮洗用水的。骡子走惯了石板路的，每天都嘚嘚地上下，驮水把石板路搞得湿淋淋。

有一天就出了事。哥哥和我刚到茶坊喝了一杯水，就听到河滩里有了枪响，我们奔出去朝下望，两个土匪把那个驮水的男人腿打伤了，拉了骡子从州河滩里走了。那倒了的男人喊着骂，也喊着痛。土匪有枪，待土匪走了，老板娘才急着叫我哥哥和几个人下到河里抬人，我看到抬上来的人不住地喊痛，路上滴着血，我很害怕。那次我知道了土匪的厉害，也知道了枪把人干倒是很疼的。哥哥抬人上来，把衣服搞得满是血，老板娘给她洗了，但没洗净。他回去后我母亲看到了，问起来，我说了土匪的事，母亲直吸凉气，要我父亲不能让我们俩出去了。我父亲说，"没事，哪里都有土匪，我们不是有钱的，土匪看不上。"这话也对，确实土匪一直没有看上我们，我们在茶坊那条道上跑了几年，安然无事。

后来世事也变，州河上下的世事也变。我也大了，跑骡子的事也不跑了。哥哥娶了嫂子，是个山里的女人，过起了日子。那个茶坊老板娘，哥哥也没有提起过，但我和他都记着。我们家的骡子也卖了，父亲死后州河里用木排运输的事渐多起来，终日里州河里闹声不息。

好多事情拐弯得多，就在过了六七年后，一次老板娘的女儿找到哥哥了，就来到我们家里，说她母亲死了，茶坊也散了，她给我哥哥说，她要嫁给我，这事有些出奇。她还说，她母亲死时让找我们，说她嫁给我能靠得住。那天哥哥问我，看我娶不娶那个女人。哥哥还说，老板娘女儿长大了，水灵着。我母亲可是喜欢得乱颤，我低头没语。

三十九

一个门口的木架子上悬着一口铁壶，铁壶被烟熏得很黑了，铁壶下冒着一缕焰，壶嘴里冒着热气。在铁壶不远处的门口场里，一个四十多岁的男人在打拳。他是龙驹寨有名的拳师，郑大州。

龙驹寨是丹凤县城，过去李自成看上的地方。那时李自成被官军打败，没处逃去，大约站在州河里放眼一看，这里又阔又不缺粮，还清风明月的，就这儿了。他在此地休养生息几年，后来翻身打出去的。龙驹寨是他拴马练兵的地方，就叫了龙驹寨。这郑大州打小就是这里的人，没少听关于李自成的故事，他也信也不信，在州河上下一个李自成把山山沟沟都填满了，哪里都是李自成的故事，哪个人都能说几个李自成的故事。天上飘的李自成，河里流着李自成，村里说着李自成，多少地名也是李自成身上来的。把本来一个陕北人搞得和商州人差不多的有名而亲昵。

郑大州的拳术是从李自成手下一个将军那里传下来的，到郑大州这里已经十几代了。那个将军把拳术传给他祖上的一个爷爷，那个爷爷就一代一代传下来了。他家的家谱其实是个拳谱，因他家一直是拳师宗林，没人敢欺负他们，他们家族会拳术的人也绝不轻易欺负他人。但受到欺侮，他们也不吃亏，龙驹寨拳师家族的名声就在这里传得很远，响彻云霄。也有哪个人受了欺侮，来请龙驹寨拳师去讨要公道和伸张正义的，郑大州家族的人一般不会应承，凡应承的都是一招制敌，二话不说，转身走人。得来一片叫好，日后的名声更是厉害。

郑大州弟兄四个，他位居老三。他们是大家族，在过去，祖上曾在龙驹寨码头开着马车店，南来北往的人都在此驻足，生意红了半个县城。州河到了这里，水深流缓，平作很大的湖面，上下的货物到了这里周转开来，下去的装船，上去的装车，临河的一面，终日熙攘，人来人往的，马与人交错，开店在州河边也是格外忙碌。祖上几辈人都开马车店，供上下的人马歇息，且为人善良，多做吃亏事，把个马车店经营得整洁而温暖，挣了钱还为下了人，没有不赞口的。比如他们的马车店里就配有修理马车的，谁家马车出了毛病，免费修，送出城。住店的有了头疼脑热，店边就是诊疗所，给马车店挂了账即可。

几辈人里总有一个温良的女人从少妇成长为老好，终日里戴了老花镜为客人缝补烂了的衣袖或衬领。到夜晚了，还亮着一盏油灯，缝补又缝补。在夏秋时，雨水总那么稠密，河边的雨水更显得随意。石板路一直铺到马车店那里。披着雨衣或扣着雨帽的赶车人，进了店，不管迟早，立马就有一个守店的老男人迎住，接过手里的东西，招呼来客吃喝歇宿。老男人安下客人，来到那盏油灯下，给老妇人吱一声说，"又有一位客人。"老妇人微笑着说，"哦，招呼好。"老男人永远是微笑，永远是哦，就离开油灯去做他的事。黑夜里，常来这爿店歇宿的，都会瞅着那盏油灯找到店里。郑家的马车店到了郑大州的老爷（祖父的父亲）手里，算是生意最好的，购了县城里大片的门店，还有大片的房子，雇了几十个打理生意的人。那家世显赫得有点怕，没有几家能比过的。郑家虽富足了，也有了花不完的银子，可从不欺人仗势，几代人都循规蹈矩，不结官家，不藐穷人。受郑家接济过关的人家不少，过后都是感恩戴德的叩头大谢。

那个时候到底郑家有多少银子也难以计数。不过到了上世纪五六十年代里，因为有不少地的郑家，被定了地主，在多次抄家中，一群年轻人在家里乱刨，竟从楼板里落了纷纷的元宝，砸了头，再寻时又没了。在后代一个媳妇的家里，从墙土里无意也掉出来元宝，盛了一个满升子，还从一个麦柜底下挖出了元宝，心里惶急着收了，疑问这是哪里来的，别的地方还有吗。到底有多少元宝，还有哪里有，实在没办法知道。

钱在有时是福气，有时则是祸害了。也因为郑家挣了钱的缘故，郑家差点遭了灭门。一日从流岭槽里刮风般下来一伙土匪，背了枪，血洗了郑家马车店。那天是初冬，飘着子子雪，土匪抢了钱，又怕报复，在走时就连杀了三个郑家男人，抬去了五筐子元宝和银元。待土匪入山去了，郑家马车店门口停了三口白花花的棺材，马车店里的哭声飘出来，哭声像胶一样。初冬里才开始冷，哭声也格外冷。一些人袖了手看，一些人默默帮郑家做备埋的事，一些人还陪着流泪。龙驹寨码头一时间也悲凉肃杀了起来。那些照常来歇足过宿的，一看这样，唏嘘得冷了舌头，惊慌了眼神问，"这是咋啦，这么好的店主，怎就遭了这样的祸。"有人就悄悄说，"恐怕是马车店的主人暗地里支持了巩德芳的游击队，才遭了这样结果。"也有人说，"土匪是盯有钱的，哪管那么多，有钱了是福也是祸啊。"那时候，郑大州的父亲还是十岁的孩子，郑大州父亲的父亲和两个兄弟被一次性抬埋了。三个棺材上缚了三只公鸡，抬着埋时把公鸡要杀了，公鸡的扑啦里血把白花花的棺材溅得像是撒了梅花，这样的景象让不少人又一场落泪。

这件事，是郑家永远的大痛。到了郑大州这一代很少提及，他是从一位叔父那里学得了拳术，叔父的拳术高，可到他这里，他才接了八分。一个哥哥也曾学过，在二十世纪七十年代时，把州河里的石头抬到坡上修梯田，被石头滚下来砸死了。他成了郑家独传拳术的人，就发誓一定要把拳术传下去，不能在他身上断了。郑大州没有欺过人，谁邀他替人出恶气，他从不答应，他知道他的手下没轻重。州城武术学校来人请他进州城做老师，他不应，厚酬于他，他也不答应。武术学校没办法，就约定每半年带学生下来让他授课一次，就在州河的沙滩上。授课时每每是择了吉日，从没在阴天里或雨天里，总是晴暖时。他在沙滩里做拳，一身宽阔的衣服，一招一式，轻重缓急，身如雁翼张合。舒缓时像时间坏在他身上，迅疾时则脚下把沙子溅起得方圆几十米里要闭眼了。这个时候，常聚了不少人看，没有叫好的，看的人只是伸舌头瓷眼神地看，即使沙子溅了身上颈上脸上，走时在河里洗一把脸就行了。

郑大州到了六十岁时，半边脸竟黑起来，就是常说的阴阳脸，谁也说不清楚是怎么啦。脸成了这样，郑大州不再多出门，就在他家里，平日里在门前树下动动拳脚，雨雪天也依然，顶上一层雪也不误了每天的习课。他的院子临着河，用石头铺的满院，脚下无泥。

郑大州有个女儿，是州城里的干部，在银行工作。据说也会几分拳术，在一次银行里遭人劫款时，郑大州女儿只飞起一脚，把劫贼撂倒了，被州城里传成侠女，女婿则是个搞古玩的。

四十

　　从省城竟传回来磨扇牛槽一些过去不用的东西变得值钱起来，说是把西安周边都收空了。这话初传到州河上下，谁会信呢，可这回真的值钱了。离州城近的苏家坨、乔里村和十柳铺已经被从省城来的人收完了，那些东西也传得和宝贝一样身价百倍。这话到巩家湾还是太晚了。

　　夏天的清晨里，女人多起得早，倒了尿盆就是哄娃，男人因睡得迟，就起得迟。住河边是有蚊子的，有的还挺凶猛，下死嘴地咬，把个夏天搞得有些烦躁。女人早起了，也是裙子短袖的穿着，能看见臂上有蚊子下嘴留下的红点子。屋里还有热，她们早起了就站在屋外图凉快，有时就怀里抱了娃，彼此述说昨夜的热和烦。清露这时就在她们周边的草尖上，树叶上。石头经过一夜的散热，这时真凉了，手摸了也清爽。早起的人少，村子里这时还清静些。果然两个邻居的女人一起早起了，在挨着的门口遇着，就一起说起来。一个的孩子也还才醒来，就急着要吃奶，她一条腿踏在石头上，让孩子坐在腿上喂奶，夏天穿的单，一揭短袖孩子的嘴赶紧凑上去。另一个已经是快当奶奶的女人了，坐在门前石头上一直在挠腿，骂细长的花蚊子昨晚咬了她几口，痒得很。年轻的说，"蚊子比男人还瞎。"二人都笑起来。年轻的又说，"听说州城里人在买磨扇牛槽啥的，还值钱不少。"年长的说，"我也听说了，昨天下午就有一个男人骑着三轮车在村里叫着收，你没听见?"年轻的说，"没呀，我一直在屋里，娃闹吵着人，我没听见。"年长的说，"州河上边已经收得没有了。"我赶紧看看我屋后的那块磨扇。她起来朝屋后跑，看了出来嘴角露着笑说，"在哩。"这话提醒了年轻的女人，她说自己屋侧土堆上靠着石头猪槽就说，"我赶紧看看我那个猪槽。"话音未落，她哎呀一下，狠拍了孩子屁股，骂孩子说，"你把我能咬死了。"年长的说，"孩子长牙时就那样。"年轻的说，"打了还咬，奶头不是肉吗，把人能疼死。"孩子挨了一掌爪哇起了哭声，她抱着孩子看了那个猪槽还在。年长的又说，"听说邻近的清朱村已经把几个磨扇被人偷了。"年轻的听了这话，又想起娘家也有两个石槽。

昨天村里的确来了一个开三轮车的男人，四十多岁，叫喊着收石槽磨扇之类的东西。他在一家门前和一个五十多岁的已经落了前面两枚牙的男人说话。收磨扇的男人个子矮，腿黑得像火棍，腿上毛却长，风一过，毛在腿上荡漾，似乱岗上的荒草。大男人问东问西，多是取笑般的问答。大男人指了离他门前不远处场里那个碌碡说，"要那呀不?"小男人说，"不要，占地方。"大男人又问，"村里有个碾盘子，要呀不?"小男人眼一瞪说，"谁能拿动?"屋里出来一个女人听了也跟着笑。小男人把体恤衫揭起来，露着肚脐眼，那东西肚脐眼一圈竟也是黑毛汹涌，用手捻着毛玩。村里似乎因为太热，都在家里不出来，他俩的话在空里待一会儿就落下到州河里去。大男人只是想和这个低矮黝黑的小男人说话，又故意踏了踏他正在喂养着猪的那个石槽，猪见他走近，从墙上抬头朝出卖眼看，大男人问小男人，"这个槽你要不？"小男人说，"你说的啥话吗？是让我夺猪的饭碗吗？"女人又跟着笑起来。三轮车上已经放了几个小磨扇，大概是过去做豆腐的拐磨子，不太重。大男人问，"你收的东西放在家里等涨价吧？"小男人说，"我家里能放下这些东西？我又不是省长，得多大的房子。你知道龙驹寨的拳师吧？"大男人说，"知道。"小男人说，"他女婿你知道吧？"大男人说，"不知道。"小男人说，"他女婿收这个。"大男人说，"哦。"大男人又问，"那个拳师没死吗？"小男人说，"谁说死了？你是盼人家死了你拾人家绝孽啊？"大男人笑起来说，"我以为那人死了。"

那两个早起的女人还在门口说话。年轻女人待孩子吃好了，就回去叫男人起来。这是个矮小男人，圆豆子一样的矮男人。男人正在舁里，夏天盖着毯子，年轻女人就手伸到毯子里捏了男人，男人疼得惊起了，哭丧着问，"你死呀吗？"女人说，"起来，起来。"男人问，"起来弄啥？"女人说，"把外面那个牛槽搬回来，小心让人偷了。还有那个碌碡，也拿回来放到院子里。"男人睁眼问，"你疯了？谁偷那。"女人说，"已经有人在偷。"女人说，"那东西值钱得很，清朱村已经被人偷了几个了。"男人说，"既然那么值钱，村里不少的。"女人说，"你不会叫石匠从河里抬石头打石槽?"男人说，"新打的人家不要，要用过的。"女人问，"你知道?"男人说，"旧东西都值钱。"女人说，"怪事情，新的不要，要旧的，那不会在新石槽里吃几顿饭卖给他们。"男人苦笑了说，"让我再睡一会儿吧。"男人重新捂了毯子睡去了。

年轻女人出来看邻居女人，邻居女人已经回去了。她就再到土堆旁看那个石槽，估摸能值多少钱。

四十一

北宽坪的王祥治也是龙驹寨的常客。那天他背着挎包在龙驹寨街道转悠，是想买东西呢还是想进馆子吃一顿，把脖子缩着窜东窜西，被一个人叫住了，他一惊。叫他的人问，祥治叔，"你咋在这儿？你给谁看坟地了？"二人立在一个店铺门前说话。

叫他的是本村的远房下辈侄子，招赘在龙驹寨，现在给龙驹寨丹江漂流那里开水上飞艇。丹江漂流项目已经做大了，四面的人都去玩漂流，坐皮筏子从龙驹寨开始，漂到下游一二十里处，再乘车上来。夏季时就是玩水的季节，没有见过大水的人，都想在水里逛能散心。在水上开飞艇的任务就是，在一方阔大的水面上，拉几个求刺激的人，在水面上飞速玩，溅起水花，把飞艇玩成蜻蜓样子，坐的人惊呼，然后下来上岸浑身是惊悚的畅快。

王祥治的这个远房侄子叫大梁，是家里的老四，实在在北宽坪那里娶不到媳妇，才出来上门做婿的。大梁的父亲爱吹，在老四大梁出来上门后，他曾在村里宽嘴不嫌羞地说，招上了门在过去戏里就是招为东床。王祥治在年轻时还曾和大梁父亲因纠纷打过架，两家多年不来往，不通庆吊，但今天在这里，见面不同，就显得分外亲热，早把过去的不快过结丢了。王祥治问，"过来好了吧？"大梁说，"这里好么。"王祥治问，"有了娃了吧？"大梁说，"有了，娃子，五岁了。"王祥治说，"好，我早看出你这娃命好。"王祥治问，"现在弄啥哩？"大梁说，"我在漂流公司给人家开飞艇。"王祥治昨天来时就见过漂流那里的飞艇，十几个在水面上飞。王祥治说，"那美得很嘛。"大梁说，"畅快。"

王祥治昨天真的给一家看了坟地，人家招呼住了一夜，早上起来吃了人家婆娘包的肉包子，再一碗红豆稀饭，收了钱，就走了。他不买东西，觉得回去时间尚早，就一个人在城里转转，准备到下午时候再搭车回去。这时就碰见了大梁，大梁一见本村的人，热煎得不得了，就一意要请王祥治喝一下。王祥治辞不过，就答应了。这大梁就在一个龙驹寨中档酒店里坐定，一个电话后，一会儿来了五六个人，都说是开水上飞艇的。大梁指着王祥治说是我叔，那几个就一起呼起叔来了。白酒，几个菜，划拳鸣呼连天的，两瓶酒下去，几个人肚子里差不多下去了半斤，王祥治也被一敬再敬的，肚子里也下去不少。

划拳声把小酒店填满了。中途，大梁趁酒意，给大家说，"这是我叔，阴阳，阴阳先生，眼睛毒得很，谁要是家里要看坟地，我叔看得绝对好。"一个就指着骂大梁，大梁是好意，遭了骂，也解释说，"谁不死嘛，谁家不看坟地嘛。"酒场到快结束时，都一个个趴在桌子上醉了，一个还在门上碰了头，出去上厕所没有回来。老板看着这阵势，挠头说，"咋又是这样子。"王祥治一看他不掏钱走不了，就摸摸自己兜里，很难受地付了一百二的酒菜钱，待他付了，一个个才醒了，海边的海豹样子，抬头客气，大梁坚决不让自己叫叔的人破费，就推拉起来，在自己兜里翻，翻出三个兜底来，空无一物，就骂媳妇昨晚上掏了兜子，见不得男人兜里有钱，又挥舞着拳头说，迟早和媳妇是离婚的事，一个个男人似乎比前面清醒多了。出了酒店门，大梁也真是有了五分酒劲，一意要王祥治在水里感受感受他们的飞艇。王祥治一看时间还早，赶黑回去没问题，又觉得自己掏了钱，感受一下他们的飞艇也是应该的，于是就跟着去。权当坐回来几十块钱，让心里好受点。

河边那个方正的水面真像了湖，风吹着水边的广告旗子。大梁走路脚有点不稳，王祥治对坐大梁的飞艇有了几分胆怯，怕几分醉的大梁把他和自己开到水底去。大梁坚决要王祥治上飞艇，把叔叫得像是一个炕上出来的人。坐就坐，王祥治也有几分酒气，大不了摔在水里。飞艇是马达的，大梁拉着了机器，王祥治就坐上去了。大梁有酒在肚里作怪，飞艇开得格外像火箭。王祥治想晕过去，可觉得这样晕过去，即使死在水里也没有看清水花飞溅的壮观景象。大梁飞艇竟在空里翻了两个跟斗，又落在水面上，王祥治差点要落水里去，就赶紧抱了大梁腰，一手摸到了大梁裤带抓了个紧，咬牙等待大梁和他一起落水，飞溅的水花灌了王祥治满脖子，他除了裤头不曾全湿，衣服已经没有干处了。坐得刺激，王祥治觉得把自己一百二坐回来多半了，大梁的飞艇也慢慢停下来，就在王祥治踏着水边石头上岸时，他一个趔趄落在水里，这下浑身确实没有一点干处了，背着的挎包也灌了水，好在挎包里只有一支笔和几张纸，还有一个小本子是记录他人电话号码的，这些湿了不要紧，他掏出来抖抖，以后晾干了也能用。在他倒了水，掏东西出来后，竟见挎包底一条小鱼在蹦，他不能让小鱼死在他包里，抓着鱼放进水里。他的落水，大梁一再道歉，这时王祥治竟觉出冷了。

他没有能换的衣裤，就决定不回了，就又住在了昨夜主家登记的那家旅店里，决定明天衣服干了一定回。

这一夜王祥治睡下前，把大梁先人的坟地回想了几遍，得出的结论是，大梁家里就出大梁这样的人，若不出大梁这样的人，那坟地就是一片没相的地方。前面半个月前的日子里，他给十柳镇的尚得正老头看了坟地，真是好啊，那片地，是他多年来看得的最佳的上穴。临河又不敞风，清晨第一缕光就能落在那里。几棵大树，曾有梅花鹿在那里出没。地形成窝，又不低洼。在他看来，他宁愿死早几年也想占了那个穴地。在他给尚得正老头看了坟地一个月后的一天里，尚得正老头死了，因是大户人家，又近州城，人缘善，结交广，花圈摆了半个镇子，来吊唁的车把镇子堵了，一些车就停在州河边上，人走过去磕头烧香。尚得正是十柳镇的人物，死了自然会惊天动地的。

王祥治从龙驹寨回到村里，有人知道他见了大梁，就问起大梁，王祥治说，"大梁招出去好了，混得好，有了娃，牛牛娃。"再问他多余的话时，他因为那顿花出的一百二梗在心里，一直消化不了，他就不再夸大梁，也不再说别的。

四十二

州河上下大多数人家已经睡床了，只有五十岁以上的人多是睡炕，冬天能烧，睡热炕是他们的福气。这一夜，有月，月在半天，朦胧得无法说。州河南边一个村里的一面床上一对夫妇正在睡觉。忽然外面是坍塌的声音，床上的媳妇说，"门楼子塌了。"男人竖起耳朵听，没有了声。媳妇说，"就是门楼子。"男人拉了灯听，真是门楼子。媳妇说，"我让你去年就把门楼子收拾一下，你就是不听，门楼子是门面。这下可好，咱家成没脸的人了。"男人趴在窗子上往外望，月色里果然看到的是门楼子成了一堆。

男人姓寇，人叫他寇子。他家的门楼子是祖父手里的，到了他父亲手里没有动，到他手里门楼子已经七八十岁了，早不像了样子，几年前就担心一场风会把门楼子吹倒，可寇子不管不顾。他家的房是几年前盖了，也是玻璃窗子，亮晃着耀人，就是门楼子陈旧破烂。村里讲究的人家，即使房子不新，但门楼子不马虎，都要修得高峻而体面，村里人讲这叫纳祥。可寇子把门楼子的事一点也不重视。

寇子在龙驹寨街道里一家香油店里打工，早上起来骑着摩托就往龙驹寨赶，天黑了才回来。在香油店干，身上免不了沾香气，寇子回来要过州河，他的身后老跟着几个蜜蜂跑，直跟到他家里，他挥都挥不去。他已经在香油店里干了好几年了，他干得好，老板也舍不得他。还有一样原因只有寇子知道，是香油店隔壁有个女娃和寇子好，寇子舍不得她。按说像寇子这样的瘦麻杆样的男人，又不挣大钱，在外要花子的很少，可寇子就偷偷勾上了隔壁那个女娃，二十二三的年纪，虽不是一枚艳朵朵，可年纪在快四十的寇子面前，咋都是惹寇子神魂颠倒的。寇子那人实在没有可圈点的，不仅瘦，还矮，还耳朵小，还有点罗圈腿，还牙黑，谁也不知道他是如何勾得隔壁女娃的。

寇子或许是闲不住的人。他在媳妇身上没少过，可还要偷零嘴，隔几日就偷偷把隔壁女娃约出去来一场，回来了嬉皮笑脸的，干活也得劲。他在香油店里的工作就是把后院里打出的香油搬到前面店里，有时也买桶子，有时也把香油桶子搬到车上，总之活儿杂碎，凭他的灵活眼色。他干的时间长了，工资一年涨一百。对十他和隔壁的事，老板知道，一般不说。到他调皮捣蛋时，老板搬出来点一句，他就乖了。一次就是老板生气，真要给他媳妇说，他就哭着脸，求饶老板，差点要跪下说，"好我的爷哩，贵贱不敢让媳妇知道了，知道了我就得死。"老板有他这把柄，随时拿出来捏他，他也就乖乖听话，即使让他多干点活儿他也受了。

他和隔壁女娃常去的是"老地方"，那老地方老板知道，是女娃姨妈的家里。女娃姨妈常年不回来，在省城里做生意，房子交给了女娃让看。

寇子两口子快四十了，没有娃。寇子很着急，一查是媳妇的事。这事明确后倒也没有影响他们二人的感情，该干啥还是干啥。寇子在媳妇身上真的没俭省过力气。他吃什么都不胖就是明证。

一直没娃，也是大事。寇子就在隔壁女娃身上打主意。隔壁女娃看上寇子，大约也是因为寇子那样男人功夫极好，把女娃伺候得舍不得他罢了，这事只有寇子和隔壁女娃心里明了。没有娃的事还是绕在他的心里。果然在两次隔壁女娃姨妈屋里，他把套子做了手脚，那女娃怀孕了。女娃跑到香油店里在寇子耳朵上说，"瞎了，我怀上了。"寇子问，"怀上了？咋可能吗？你别想来敲打我。"女娃眼泪都要下来了说，"真的怀上了。"寇子说，"怀上了只要是我的，我要。"那天寇子把隔壁女娃约到龙驹寨最好的一家酒店里吃了龙虾、吃了鱿鱼、吃了鳜鱼，花了好几百。吃是吃了，寇子虽偷着乐，可那女娃还是害了怕，要寻死觅活的，寇子只得答应给那女娃一万块钱。他说，"我把我的娃买了。"

门楼子好了，寇子家里看着整体也明亮多了，站在院里看河里，一览无余，河在这里弯了个蝌蚪形，又悠悠东去。在门楼子好了半年的时候，一天寇子给媳妇买了一身新衣服，媳妇穿着心情好成了公主，趁这个机会，寇子说了抱养个娃的事，媳妇满口同意。寇子说，"这里有个女娃，才出月，家里不要了，我们正好要过来。"寇子又趁媳妇的心情大好，说时迟那时快，就到邻居家借了三轮车，一股风似的，骑着三轮车过了州河，又上到国道上，朝龙驹寨方向奔去。从他家院子里，寇子媳妇能看到寇子敞了的白衬衣鼓成簸箕样，媳妇就说，"就是个急死鬼，都不能让话晾一晾就跑去了。"

这一天，香油店隔壁女娃的孩子刚好三个月。

两个小时后，寇子媳妇从院里看，是寇子的三轮车过了河，朝他们村里来。待三轮车进了院子，寇子媳妇还听到三轮车里娃在哭，等停到院子里，她看见女娃在一片花被子里裹着，用红绳子捆着。寇子媳妇抱起娃，看了眉眼，立马稀罕得不得了，打发寇子还了三轮车，赶紧到村里商店里给娃买奶粉奶瓶。还了车，寇子拨开娃的被子看，问媳妇，"你看娃像我不？"媳妇说，"胡说啥呢，又不是你的，咋像你？"寇子说，"我咋看着像我呷。"

这个女娃现在已经十几岁了，上初中，长得好看，圆脸大眼的，像个鸟雀在州河里跳飞。女娃和寇子两口子亲密得若合在一起的油。寇子早不在龙驹寨的香油店里干了，回来种地打零工。到秋天了，今天他端着一大碗媳妇擀的面坐在门楼子一侧大嘴了吃，女儿就在他对面也端着碗吃。一股风过来，他骂了一句风，赶紧用手遮了碗，女儿也学他遮了碗，可风是干净的，没有尘。风过去后，他们依旧坐在那里吃。屋里女人一声飞出来，"你俩还要不？"二人几乎是异口同声朝屋里喊，"不要了。"喊罢，二人均笑起来。

四十三

　　总有一些热闹把满村人激荡起来，那就是谁家过红事或白事，聚在一起，说笑吃饭吃酒还兼以打闹。今天就是一家人在过事，虽是二婚，也要热闹。二婚在这个村里结婚大闹的还没有过，这是首次，故异样的热闹。这家的二婚，男人离婚了，女人也是离婚的，二婚是绝对的不掺假。他们俩的组合婚姻有点离奇，可也在情理。

　　两人邻村，原来是同学，都各自有家庭。虽同学一回，可后来谁也不和谁联系，再后来彼此都离婚了也不知道。二人有一次去州城里办事，坐在一辆车上，叙了旧，回忆了同学岁月，又唠了一堆家常，才知道彼此都离婚了。二人便眼睛亮起来，还是女人大气，问了一二三四，就说，"那我们在一起过，你看行不行？"这一问，反把男人"将"住了，男人只得说，"那就试试。"当晚他们两个在州城里登记了旅馆，就试开了，天亮后，二人觉得情投意合，就定了结婚的日子，就是今天的日子。二婚没了初婚的麻烦和客套，就这么简单。回来后，男人就找村长商议结婚的事。

　　这个村里，凡红白的事都是村长主持。村长也非天生主持此事的，村里人只是觉得不让他挂帅不合适，他也觉得没了他挂帅，实在不合适。村长是个年轻人，三十多，在三十多当村长的很少。他父亲原来当过队长，在一次州河涨水时出了事，被河水冲走了。跑到老河口才把尸首捞回来。他自小没有念多少书，可他的能耐是摆个摊子，能说会道，一副腰长腿长的样子，能把上下左右的人拢在一起，一起吃喝。

镇上的人他熟，州城里的人他熟，棣花的人他熟，夜村的人他熟，他还能熟到龙驹寨去。他的熟是不离酒肉的熟，也是有了事能奔来挥臂撸拳的熟。但村里换届时，上任是个毛胡子老头，干不动了，谁上呢？全村人都觉得他行，眼睛一个个齐齐看向他。他被差不多全票推上来后，他惊奇得脸上抽筋了，大呼，"我能干这吗？我祖坟里还有这股青烟出来？"他一再说自己干不了，可众意难违，他真的被推上了村长位子。到第二天正式开始履行村长职责时，他在家里掌朝桌子上一大拍说，"升堂。"把门口一个光棍吓了一跳，这才是他正式当村长的开始日。

他当村长虽说没有经验，可也当得不赖。这个官，没有现成的样板可学，当了就和没有当的确不一样。他不再老喝酒了，也不再老把那些不三不四的人引着串了。他在替这个村考虑一些事情，有了他，别村别想占便宜。别村的男人在村里喝个酒，要他同意，别村男人在本村打个牌，也要他同意。他身边有两个暗探一样的人，一月得他一瓶酒，专替他眼观八方。

有一件事使村里人都佩服。今天这个结婚的二婚夫妇，在结婚后的一个月里，吵了架，又闹离婚，女人就去找村长。那天他在州河里去插鳖，女人跑到州河里找。诉了委屈，是说自己结婚不久的男人睡觉不行。村长问，"不行？咋啦不行？"女人说，"不行么。"村长说，"不行还不是你的问题？女人行男人就行。"村长鳖没插着，又耽搁了一下午，回来时几近落霞，心里正烦。那女人只是婆婆妈妈着说，说到最后，实在不像话，把村长委实逗得大火起来，指着他叫嫂子的女人说，"你胡说啥？再胡说一遍我把你撂到州河里喂鳖去。你以为我是谁，我是村长，村长，好歹是干部，我的觉悟在村里的树梢上，你以为我想怎样就怎样？错，谁想替我我还舍不得呢。"那个他叫嫂子的女人悄悄跟在后面回去的。

这是后来的事，今天结婚，就说今天的事。

依然是村长主事。墙上贴了一张白纸，白纸上是谁干啥干啥，细致地写着。还是按平时结婚的路数办理，少不得一项。为让村长主持这次事，这家的男人生怕村长介意他的二婚，他就提了两瓶酒来请。村长递过一支烟，答应了，知道他在外挣了不少钱，要求他在菜上提升一个档次，他也答应了。待他走后，村长在心里骂，在我面前乖乖的，那就好。这时村长立在院里喊叫着指挥，桌子边坐着一个老先生，是专写礼单的，桌子上是一盒拆开的纸烟，放在圆盘子里任人自取。门上墙上贴了双喜，牛圈墙上的一块大石头上也贴了双喜，双喜贴的到处都是。院子里已经盘了斜升上去的锅灶，三五个婆娘已经在烧火。担水的担水，切菜的切菜。借桌子的继续借，借盆子借碗的继续借，熙攘了半个村子。一个男人问村长，"新娘子还打扮不？"村长说，"还新娘？打扮怂哩，又不是第一次了。"他一说，一圈人都笑。可女人还是打扮了，抹了口红，穿了新衣，头发也收拾得格外潮流。这样一看，这个女人还有不少让男人走心处。鼻子上一点黑，涂厚了嘴唇，因在秋天，裤子把屁股托得圆成笼子。村长是个好说逛怂话的人，就指了女人后面说，"这磨扇一样的东西，是男人喜欢的东西。"这时写礼单的先生仰头也看过去，村长说，"你甭看，把字写好，错了你要赔的。"村里的行门户也就是几十块的事，关键是图热闹喜气，已经写了几页纸了。大喇叭绑在树上，是村长指挥用的。话筒放在桌子上，几个孩子偷着去喊话筒，把童声播在空气里，也没人去管那几个淘气孩子。女人娘家是夜村镇北边一个沟里的，来了几桌人都熟，没了规矩，村长掐了一个男人的脖子戏闹了一回，还是把娘家人让到高桌子上坐了，让两个人端茶递烟，朝娘家人说，"今天不喝醉谁走了谁是狗。"娘家人应着一定喝足。村长又说，"今天肉块子大得很，我知道你们是娘家人，就把你们喂饱。"大家哄笑。

三点钟开的席，吃到四点半，大部分客人已离开回去了，只有三两席人还在纠缠酒，愈喝愈有了劲。骂的骂，笑的笑，都不会恼，愈是这样的酒场子愈显和谐亲密。村长喝大了，多大？八两左右。天暗起来，酒场子还不散。村长媳妇是好唱的女人，这时不管村长，逮着能唱的机会，和几个年轻人借着大喇叭一起换着唱，把村里弄得颤活活的。酒场子好歹是难散的，只有村长媳妇不想唱了，是把歌瘾过足了，才逼着村长离开回去。是一个男人扶着村长回去的，他开门回去踏脚下去，一脚竟把蜷窝在门后的猫踏死了。村长大怒，指着空气说，"我要让他赔，赔我猫。"他是指今天结婚的男人。第二日，结婚的男人真知道了村长猫的事，就乖乖在丈人家里逮了一只猫送过来，然后，猫腰笑嘻嘻走了。村长说，"这还差不多。"

四十四

这所初中学校一溜教室的后窗是朝州河的，学校大门面南，很是向阳，且门楼阔气极了，近看是古庙的门楼，进去细看，学校的多半确是古庙改成的。学校在高处，州河在背后的低处，冬天里河道里风狂，教室的窗子就要多糊几层纸，到了夏天揭掉，冬天再糊。夏天里河里涨了大水，浩浩荡荡，老师从窗子口看，学生也从窗子口里看，一起看水的大小，议是否从河里冲下来什么东西，再议是否派几个高年级的学生下河里捞几段木头，让学校换一些钱财。学校曾有这样发财的记录，学校灶上用着的木桶木盆就是从河里发水时捞得的。这样的课堂很轻松，以看窗外为主，作业是可以忽略的。

古庙改造得的学校有多样好处，据说一是可以与神和谐共处，家长在向神烧香磕头的同时，为自己的孩子磕头求将来当个官；二是老师和学生可以随时看到来庙里烧香磕头的人；三是如遇美术课，老师指着墙上柱子上的神像说，照着画。学生就看一眼画一笔，一学期下来学生个个把神像画得和真的一样，老师也发现学生们的画作有了八分神气，老师对他们赞不绝口；总之，有许多好处可数。面南的好处也是有的，到下午余晖时，太阳像个赤脸的和尚，朝学校的窗子里看，把学校也看得赤红起来。

学校没有多少学生，因为这个乡不大，十几个村子的孩子来念书，能念到初中的已经很少了。学校门口的木牌子很宽，常有干泥巴贴在上面，是天下雨时，土成了泥，学生没有可玩的，就用泥巴投学校门口的牌子，比赛看谁靶子准。投的多了，牌子上的某某学校字样也许会遮没了。校长是个温和的老头，背手出来看到了，这时大约是他吃饱了，是特没有脾气的时候就觉得这样的事并不严重。他就上前揭了泥巴，嘀咕说，"这群王八蛋，真可爱。"于是又露出某某学校的字样来。

州河边的这所学校也是有名，名在有"戏"。校长除了温和，还有"戏"。校长原来在乡上业余剧团待过，吹拉弹唱，学就一身的戏艺。到了学校，慢慢竟当了校长，有这样一身本领的校长，学校里没有会唱戏的学生出来，那不笑话吗。于是，学校几年时间里，大部分老师会了演戏，会了拉板胡二胡，会了打板敲锣唱几段折子戏。整个学校就是一个自乐班，这一点校长很满意。他温和，他便对会演戏的老师格外温和，似乎这所初中是戏校。果然不出所料，学生考高中的不多，会唱戏的不少，让学生们把戏听美了把戏看美了，也让古庙里的神把戏听美了。校长觉得学校安然无恙，都是他主导的戏安抚了神，这更坚定了他和老师们把戏演好的信心和决心。特别是到了春夏时，白天时间多，吃了午饭，下午自习便多不用自习，校长一温和，老师们便知道，就搬出椅子凳子，围成一个圈，开始唱戏。几个人唱，几个人打板拉二胡敲锣，什么角色都不缺。这样忘了时间，忘了打铃也是常事，校长依然温和得像个奶奶。校长是打板的，他身旁放着一杯酽茶，校门外村里的一条黄狗和他是朋友了，他打板的茶杯旁永远卧着那条狗，狗也是听戏看戏的，和校长有同好。

学校里也有一个音乐老师，女老师。据说是挑来的，让许多学校眼馋过。这女老师唱歌好，是个声音如夜莺般的老师，很难不受学生欢迎。可到了不久，她的歌声在强大自乐班面前投降了，她的嗓子自动向戏靠去，这让校长窃喜良久。对女老师的玉兰一样的形象，校长并未感兴趣，但他对这朵玉兰的歌唱得和戏极相似则高度赞赏。他说，"嗯，是个好苗子。"学校的音乐课上，唱歌很少了，即使唱了歌，也是戏的味儿。

这种整体淹没在戏里的学校，连做厨的师傅也有了几分戏的嗓子。我不得不说说学校灶上的厨子了。他是个住在学校院墙外的人，因为近，他成了学校的厨子。他的主要手艺是包子，灶上一周总要吃两回包子。什么馅子也有，也就是说什么都可以入包子，这是这位厨子的伟大发明——只要不是钢铁入了包子。在这所学校，厨子不会戏，几乎不可能。于是厨子不知不觉间会了戏这才配得上这所学校，虽然他是缺了两颗门牙的男人，说话也是喷雨，唱戏更是倾盆雨了，可还是要唱。在包包子和在蒸包子中，他并非为了驱除寂寞而唱戏，而是不由自主地唱。人都说，经他喷的包子格外香。包子不能唱戏，厨子却能唱戏。他个子不大，年纪不大，没门牙的那个豁口有点偏大。在学校一次排演本戏的时候，缺了一个角色，他就上去了，演了个流氓，很成功，校长于是不得不再次高看了他几分。

学校曾演过什么戏？演过《五典坡》《三滴血》《智取威虎山》和《十五贯》。

我确切知道的是，尚迎香在这所学校上过初中，会唱了戏，不出所料地没考上高中，这是其一。其二是我参加工作初几年，在这所学校教书，不出所料的学会了唱戏，且还会唱的不少。那时校长已经近于退休，可他对戏的兴趣从没减灭一分。在他要热心教我打板拉二胡时，他的退休时间到了，在最后一天离开学校回去时，拉着我的手，眼泪要掉下来似的说，"来不及了，唉，我没教你很多的关于戏的知识。"我看着他的眼神，觉得我没有当演员唱红大江南北，绝对是我人生的错误，也是在那个学校的时候就埋下了戏根子。我送他到州河里，又送他过了州河，他依依不舍，我依依不舍。他给我留下最后的话是，"我咋样看你都是一个唱戏的苗子。"这话我埋在心里几十年，至今我还以为校长的话是对的，我没能在戏上有气象，是巨大的遗憾。

在我离开这所学校五六年后，这所学校因为学生太少，撤了。

学生去了别的地方上学，这所改造的古庙又还给了神，使神又孤寂起来，连戏也听不到了。我再一次路过这里，进去看了看，感慨涌上来，觉得这里古庙不像了古庙，学校不像了学校，静得可怕。我的步子竟惊起了两条狗，狗咬了我几声，显然是我闯了它们的领地。我想给曾经在这里学过唱戏的自己唱几句，以表安慰，可始终没有唱出来。

我在挂灯笼

我是在州河里耍大的，门前的州河占满了我的童年。我的家还没在州河边上，要下河里，还隔着一个叫代街的村子。下河里去玩，是那时最开心最放纵的事。小学时因为小，大人绝不放我们去，因为每年都有在河里涨水时吹走的人，有了那事，哭声一起，周围村里的大人都心惊，把娃就看紧了。到中学是在代街村里上，离河很近，我们也大了，偷着去河里是极平常的事，老师也看不住，出了学校门，左一拐沿巷子走就能看到河里。再到河里先经过一片叫斜方潭的，（我在《童话庄》里写过的那个潭），这个潭是死水潭，溺过不少人，我们都知道，就不在这个潭里冒险。我们去河里是冲脱身上的热燥气，不洗澡不摸鱼，只用水打仗，你一掌过去一片水击在我脸上，我一掌过去一片水击在你脸上，无有胜负，只有高兴。小孩子不洗澡是因为老人说过，垢甲是福。这是那些爷呀婆呀宠孩子，不嫌孙子身上脏，即使孙子臭了也自然是爱，孙子们就把那话当了真。

门口有了河是快乐，把我们的童年快乐翻了几番。也有因为淘气在河里受打的时候，老师和家长检查去没去河里，只用指甲轻轻在背上一划，有了白印子就是去了，证据确凿，受罚或挨打。

我离开家乡州河在铜川工作二十年了，可家乡的州河一直在我心里流淌不息。商州离铜川二百公里，也是两三个小时的路程，这个距离大约是极好的距离，它在我心里产生的美把家乡几近神化了。我不知所谓的审美距离到底多远是最佳的，可我认为这个距离对我是最合适的。想把州河写写，因为贾平凹在二十多年前写过《商州初录》，后来又有过"又录""再录"，他一"录"，别人再去"录"，那是如何也"录"不过他的。他是山，别人是石。我就胆怯极了。但他的家乡也是我的家乡，他能写我就不能写吗？他那样写，我就不能换个角度这样写吗？一方家乡的地，他能种，我也能种，即使他种出的是树，我种出的是草，我也要种。我就斗胆起来，才萌生了写家乡的想法。

我的习惯是上半年阅读，下半年快近秋末时写作。上半年热，易躁，还能勉强阅读，到了下半年，开始冷后，我喜在寒里做事，很在状态。写作尤其需要冷静，静至于寂，最好入深去走至所要的境界。窗外有落叶，慢慢地黄至枯寂，我喜欢这样的清景。于短篇我不会做那样的酝酿，每构建长篇，我就要辗转难眠，似有无端无限的烦恼要排泄，在找出口。有落雪在，更阒寂里彰白洁，我愈有感觉。去年秋季，我肩周炎来了，人曰五十肩，也是要过的苦痛，言说八成男女到了这个时候非要痛一场，尝尝人生五十的味道。我做过艾灸，也推拿过，也针灸过，也用了膏药，均失败而归。这使我很恼火。也有几个同龄人，身体也是如此多"娇"，见了纷纷皱了脸苦笑，表一番其难受的情状。同病自是相怜。到快春节时，我便忍不住动了笔。在写中，反而减灭了不少肩周疼痛。

我于长篇，不是做前期很巨大的构思，我常是从一个情节或细节开始，开了头就停不下来，写下去就成了长篇。这样的情节或细节就是激发我的，我开了笔就不可收，边写边构思。我从没有什么提纲可谈，没有什么框子。想怎么写就怎么写，这和我不爱立在队伍里，不爱走在轨道上的性格相合，我就爱在市场的无序散漫里走动，让我站队我浑身痒疼。倘人成了列入中药匣子里一味中药，动弹不得，有意思吗？在有的长篇小说创作里，我仅仅是做做笔记，记下一些听来的情节，特别是有趣的情节，到时候用进去就行了。

我真的不会那种有个地图般的提纲写出大文章来。我把我的这样创作说给朋友，他反说我是灵感式创作，这种创作绝出不了史诗性作品，其实我也压根不是史诗性作家。就是跟着自己的感觉走，从一点墨洇开来成一篇一部的。谁都有自己的经验，我的经验适合我。这时我的感觉就是引领我的灯笼，或如盲人手里的树棍子，如果说有技巧，我的感觉就是我的技巧。我对文学理论向不大重视，偶尔看也是找寻对我胃口的一些言语，我不会循那些口水走的。理论家多是不写小说的，看了就猜谜般批评，然后被说有指导性，我不知理论家指导出来多少作家。我在创作中，只有感觉，没有其他。小草到了春天就是冒土出来长，没有其他。要说小草有啥技巧，小草也会愣的。

我把我的家乡写得美好，尽量删去那些不好的。其实生活不是那样的，但州河对我的印象就是好，我离开家乡早了，没有家乡的灰尘和肮脏。说美化也好，说我不贴当下生活也好，反正我想把家乡写得清丽而彩云追月。初叫"州河日子"，后来改为《吾州河》，我的州河，我们的州河，我觉得"吾州河"更是我的意思。在我的印象里州河上下的日子就这么过。州河边的日子就是刀不快了拎出来，在不用的石牛槽沿上磨磨，回去就能切下肉。

结构一部作品，似和朋友说几个小时的话一样。我最怕人说结构二字，会说话的说再长时间，也有趣，人也爱听，这里面肯定有结构。我是跟着感觉走的，我的结构就是我的感觉。我在写长篇小说《腿林》时，一开始我拉出一个人，想作为主人公延伸到底，可到我写了五六万字时，我突然像茅塞豁开清醒了一样，知道我写的不是单个人，是一个村子，我就赶紧把那个欲做主人公的人隐去了，让他和村里一般人一样，该出来时出来，该隐去时隐去。我的任务是把那个村子写出来。到了《童话庄》，我也是写村子的，只是印象里童年阶段的村子而已。是打乱了时间，没有准确的时间排序，哪一章放在前后哪个地方都能读，所谓的结构就是作者手里拿一片布填空处，待小片布被连缀成一张圆形的极大的布成，也就是村子完成了，我的笔自然打住。你说哪一片布重要呢？我分不清楚。

到了这个《吾州河》，我是把州河作为主角，凡与州河上下两边有关的人过的日子，都是该写的。州河这个带子，我把它作为一个高杆，我就在杆的两边挂灯笼。我不好说哪个灯笼亮，哪个灯笼更亮。要说结构，这大约就是我的结构。我的任务就是把每个灯笼挂好，让每个灯笼放出更大的亮。灯笼挂两边，也并不是灯笼与灯笼间没有关系，我努力使灯笼与灯笼成亲戚或朋友，这样的交织使光亮不是单个的，即使风起来，也不至于哪个掉下来。

我近年来愈加鲜明地面临的是文体问题。我从散文到小说创作后，小说愈来愈具浓重的散文味道，竟至于有的小说让读者称为散文，有的散文又让其视为小说讥讽。这是我的"病"吗？我反正好视为是我的"凸"。作家重的是吐，是表现，至于如何表现，那看作家觉得什么表现适合自己，什么表现舒服尽兴，那才是根本。如何艺术性的表现才是作家要解决的问题。创作时的快感和阅读的快感永远是相通的，如不通，那是出大问题了。如果以后在我的文章中使人们更疑惑于文体问题，即使我不是一名称职或优秀的作家，至少我可以被称为文体家，我也足矣。《吾州河》当小说读我觉得好，当散文读我也觉得好。吃啥不必追究，关键是吃得香不香。

在我创作中，并非行云流水，也有磕绊和涩滞时，到了这时候，我的一位同学是我的文学俦侣，每每遇滞，和他通话中就有答案。他虽不大动笔实践，可阅读使他广阔了视觉，眼毒得深邃，常常话中裂隙漏光，叶梢滴露，当然不少是为我鼓励鼓掌的，我很受用。即使我没有读者，他是唯一，我也会写下去，写他和我陶醉的文字，写他和我和我们的家乡都渴望都需要的文字。在我写作时，常是恍惚，饭后散步是想后面的章节，睡得也梦境绮丽，梦给我帮了忙，文中有三处竟是我如实不紊地把梦里东西搬进去的，用得合适，这是神助我啊。

《吾州河》就这样完成了，我松了口气。十几万字的小说，叫长篇有点短，叫中篇有点长，发表如此困难下，出书确乎有点短，让我打定就这么长，再不续貂。因为要长，注水是万万不得的。我就想，一根藤，就要那么长，用斧子砍下去，就行了。留着断茬就是断茬，断茬上发白，断茬上滴水，因为就需要那么长，多了无用，若把断茬折回来成为一个环，那是人为的，终不是自然长得的环。我要的是自然而然，类似不知觉的入眠。

2018 年 4 月 11 日